KB144584

나로
태어나줘서
고마워

나로 태어나줘서 고마워

초판 1쇄 발행 2020년 2월 25일

지은이 유명현
펴낸곳 글라이더 **펴낸이** 박정화
편집 이정호 **디자인** 디자인뷰 **마케팅** 임호

등록 2012년 3월 28일(제2012-000066호)
주소 경기도 고양시 덕양구 화중로 130번길 14(아성프라자 601호)
전화 070)4685-5799 **팩스** 0303)0949-5799
전자우편 gliderbooks@hanmail.net **블로그** http://gliderbook.blog.me/
ISBN 979-11-7041-018-8 03810

이 도서의 국립중앙도서관 출판예정도서목록(CIP)은 서지정보유통지원시스템 홈페이지(http://seoji.nl.go.kr)와 국가자료공동목록시스템(http://www.nl.go.kr/kolisnet)에서 이용하실 수 있습니다.(CIP제어번호: CIP2020003036)

나로 태어나줘서 고마워

유명현 지음

글라이더

추천사

길영준 (삼성전자 실리콘밸리 Research America President 역임)

미국에서의 만만치 않은 생활이 젊은 저자에게 인생의 새로운 레시피를 깨닫게 해주었다. 다양한 인생의 주제들을 자신의 경험을 통해 솔직하게 독자들에게 이야기한다. 미완의 성찰도 있고 감정적인 반응도 있다. 웃지 못할 에피소드도 있다. 진지함과 순수함 속에 도전하고 이루어보려는 열정을 저자는 젊은 세대들과 나누고 싶어한다. 이 책과 함께 여러분의 레시피 깊이를 더해 보시길 권한다.

김상진 (㈜ 천우테크 회장, 주한 에티오피아 명예영사)

해외 출장 중 저자와의 첫 만남을 기억한다. 국제행사 통역사였던 저자는 여느 사람들과 다르다는 것을 직감했고 나의 직감은 틀리지 않았다. 가진 능력 외에도 진정성 있는 열정과 헌신으로 자신의 업에 몰두하고 있었다. 쉽지 않은 삶의 여정 가운데 많은 위기를 극복하며 타의 모범이 되는 저자를 뜨겁게 응원한다. 이 세상에는 저자와 같은 사람이 많이 필요하다. 저자의 글을 통해 많은 사람의 삶이 윤택해지리라 믿어 의심치 않는다.

송수용 (《내 상처의 크기가 내 사명의 크기다》 작가)

세상에는 나로 태어난 것을 원망하는 사람들이 의외로 많다. 결핍과 절망 때문이다. 여기 삶의 깊은 늪에서 스스로를 꺼내온 한 인생이 있다. 원망은 더 깊은 절망을 불러올 뿐이다. 먼저 삶의 늪에서 빠져나와 원망 대신 찬란한 희망의 인생을 오롯이 되돌아본 그녀의 이야기를 보라! 그러고 조금씩 자신에게 적용하라! 난생 처음 행복의 맛을 보게 될 것이다.

안상석 (재미 실리콘밸리 한인회 회장)

청년 시절로 되돌아갈 수 있다면 이 책을 정독해서 삶에 적용했을 것입니다. 급변하는 시대에 불변의 가치들을 사색하고 진중한 성찰과 깨달음을 얻는 것은 엄청난 특권이기 때문입니다. 매사를 뜨거운 가슴으로 두드리고 성실히 가꾸어 나가는 유명현 저자는 실리콘밸리와 한국의 교류 현장에서 늘 주인의식으로 자신의 일을 감당했던 참된 일꾼입니다. 기쁜 마음으로 이 책의 일독을 권합니다.

정동하 (가수, 뮤지컬배우)

보고 있지만 보지 못하였다.

알고 있지만 알지 못하였다.

이제는 진정으로 눈뜰 시간.

내 생의 단 한 문장…

형편이 어려웠던 미국 유학 시절 부모님처럼 나를 거둬주신 분들이 계셨다. 거의 일흔이 다 되어가는 연세에 아침마다 서로를 껴안은 채 그윽한 눈빛으로 진심 어린 사랑 고백을 하신다.

Donnie: I love you Sandie, more than my life.

샌디, 난 내 삶보다 당신을 더 사랑해요.

Sandie: I love you more, babe.

내가 당신을 더 사랑하는 걸요.

Donnie: Oh, that's impossible because I always love you more.

오, 그건 불가능해요. 내가 항상 당신을 더 사랑하거든요.

Sandie : Hey handsome, how about a date?

잘생긴 아저씨, 나랑 데이트할까요?

처음엔 적응이 되지 않았다. 왠지 모르게 나는 이 광경이 의아하고 불편했다. 자리를 비켜 드려야 하는 건지, 나의 반응을 보기 위한 몰래 카메라 연기인지 알 수 없었다. 하지만 그 닭살스러운 고백은 매일 아침마다 하루에도 몇 번씩 지속되었고, 나 또한 나중에 결혼을 하게 되면 저렇게 살고 싶다는 꿈을 꾸게 되었다. 샌디Sandie의 앞치마에는 행복한 결혼생활을 위한 레시피가 쓰여 있었다.

Recipe for a Happy Marriage

행복한 결혼생활을 위한 레시피

Ingredients 재료

4 cups of Love 사랑 4컵

2 cups of thoughtfulness 배려 2컵

3 cups of Forgiveness 용서 3컵

1 cup of Friendship 우정 1컵

5 spoons of hope 희망 5스푼

2 spoons of tenderness 온유 2스푼

2 quarts of faith 믿음 2쿼트

1 barrel of laughter 웃음 1배럴

내 미국 부모님의 결혼생활엔 늘 저 재료들이 녹아 있었다.

나는 라면을 끓일 때 차가운 물을 냄비에 붓고 면과 스프를 함께 넣는다. 물이 먼저 끓을 때까지 기다리는 시간이 너무 아까워서 말이다. 라면의 맛을 정석으로 음미하는 것보다 라면을 끓이는 시간이 단축되어 다른 것을 더 할 수 있다는 신념이 내게 더 중요하다. 그렇다고 해서 단축된 시간을 잘 활용하기만 한 것은 아니다. 인제 와서야 말이지만 단축된 시간은 더 조급함을 부추겼고, 늘 앞에 급한 불을 끄며 정신없이 살도록 했다.

오랜 미국 생활을 뒤로 하고 고국에 온 지 몇 년 만에 TV 앞에 앉아 보니 거의 모든 채널마다 요리, 맛있는 음식점 탐방뿐이다. 처음에는 보기만 해도 군침이 돌고 요리법과

음식을 구경하는 것이 흥미로웠다. 하지만 계속되는 식문화 위주의 트렌드를 보며 마음 한켠으로 '왜 비싼 전파를 쓰며 남의 입에 음식이 들어가는 장면을 봐야 하나' 하는 의구심이 생겼다. 대한민국 피로 사회에서 많은 사람이 육체적 허기가 아닌 심리적 허기를 달래려 한다는 것을 깨달았다. 찬물에 면과 스프를 넣어 시간을 단축했다고 기뻐하던 나도 마찬가지였다. 문제는 내 안에 있는 다른 내가 제대로 영양분을 공급받고 있지 못했다는 것이었다.

나는 영어 강사 및 저자로 활동하면서 어떻게 하면 영어를 잘할 수 있는가에 대한 책만 썼고, 이름만 대면 다 아는 강남 유명 어학원에서 어떻게 하면 원어민들과 자연스럽게 대화할 수 있는지 가르쳤다. 하지만 마음 깊은 곳에 늘 무거운 짐을 갖고 있었다. 교육자로서 단순히 외국어 학습이라는 1차원적인 접근이 아니라 그 언어 안에 배어 있는 고유한 삶, 문화, 생각, 가치관, 세계관을 습득하고 내재화하는 것을 도와줬어야 했다. 그렇지 못하면 단지 영어 단어를 읊조리는 앵무새에 불과하기 때문이다.

하지만 교육 시장의 현실에서 요구하는 대로 글을 쓰고

강의를 하다 보니 정말 본질적인 내용을 강조할 수가 없었다. 그래서 여태까지의 경험과 생각을 따로 글로 풀어내고 싶었다. 그렇게나마 마음의 짐을 덜어내고 싶었는지도 모른다. 내 안의 탁월함이라는 밭이 경작되었을 때 그리고 나의 내적인 학습 토양이 비옥할 때 어떤 씨앗을 뿌려도 건강한 열매를 맺는다. 물론 외국어 학습도 그 씨앗 중에 하나다. 내가 탁월한 개인이 되었을 때 내 시야가 넓어지고, 내적 메모리가 확장되었을 때 내가 추구하는 것이 영어든 자기계발이든 처세술이든 풍성하게 열매 맺으며 나를 따라오는 것이다.

학습자들의 불안한 심리를 이용하는 주객이 전도된 성인교육 시장을 바라보며 밑 빠진 독에 물 붓는 허탈한 심정으로 영어를 가르쳐 온 지난날을 돌아본다. 그때 미처 못했던 말들을 지금까지 살아오며 느꼈던 깨달음과 결합했다. 부끄럽지만 망한 줄만 알았던 내 인생의 아픈 시간을 딛고 다시 일어선 나만의 레시피를 나눈다. 우리 모두는 각자의 삶으로 다채로운 요리를 만들어가는 셰프이기 때문이다.

연예인을 비롯한 유명인의 냉장고를 공개하는 프로그램을 본 적이 있다. 유명인들은 너무 바쁘고 정신이 없는 나머지 본인의 냉장고에 어떤 재료가 있는지도 몰랐다.

MC : "우와, 여기 장아찌가 있네요."

인기 연예인 A : "정말요? 아, 잊고 있었네. 몇 년 전 엄마가 담가 주신 거예요."

MC : "와, 이건 1등급 한우가 아닌가요! 그런데 색깔이 이상해요. 상한 건가요?"

인기 연예인 B : "아, 그거 공개하면 안 되는데 몇 달 됐을걸요."

대부분의 인기인들은 본인의 냉장고에 뭐가 들어있는지 기억조차 못 하고, 막상 요리를 하려 해도 잔뜩 쌓여 있기만 한 냉장고 안을 보면 엄두가 나지 않는다고 했다. 자신들이 구비한 재료를 정확히 모르고 활용하지 못하는 게스트들, 하지만 동시에 일품 요리를 만들어 내기 위해 재료들을 하나하나 파악하며 재료 본연의 맛과 조합을 구상하는 일급 셰프들을 보았다.

나의 삶과 견주어 생각하다 보니 정신이 퍼뜩 들었다. 삶이라는 냉장고 안에 많은 재료가 있다. 하지만 많은 경우 재료들이 빛을 발하지 못하고 차가운 냉장고 안에서 서서히 시들어간다. 그것들을 꺼내어 탁월함으로 요리해내는 개인은 소수에 불과하지 않을까.

나는 불우한 가정환경, 순탄치 못한 미국 생활, 예기치 못한 공황장애를 거치며 밥 먹듯이 삶의 의미에 대해 고민했다. 상황 속의 피해자로 남기 싫어서 끝없이 발버둥 친 결과, 좀 더 전략적으로 일상에 임하기 시작했다. 익숙함에 속아 방치해 온 나 자신과 일상의 삶에 전략적으로 접근하기 시작했다. 그 결과 위로의 한마디를 건네줄 수 있는 넉넉한 사람으로, 또 업계에서 인정받는 강사로 성장했다. 이제 용기를 내어 삶을 놓아버리려 했던 순간을 딛고 일어나 날아오르기까지 나의 여정을 기록했다.

책을 읽는 동안만이라도 과거에 대한 후회와 미래에 대한 불안을 잠시 멈추고 현재의 자신을 위로했으면 한다. 장마다 꾹꾹 눌러 담은 나의 경험으로 인해 당신의 아픔과 상처가 치유되었으면 한다. 식상한 문구지만 당신 안에는 생각보다 큰 능력이 잠재되어 있다. 마음속을 얽매는 장애물이 제거되기만 하면 나와 다른 것을 포용하고 삶이 주는 불편함을 유용함으로 바꿀 수 있다. 인류가 생존하는 데 크게 이바지한 고통과 불안은 우리 안의 불순물을 녹인다. 불순물이 제거되면 자신의 참모습과 인생의 본질을 정확하게 인식하게 된다. 이 책의 단 한 문장이라도 그 역할을 한다면 나는 생의 임무를 완성한 것일 테다.

2020년 2월

희망찬 새해를 맞이하며

유명현

차례

추천사 · 4

프롤로그_ 내 생의 단 한 문장… · 7

1. 에너지 변환

에너지 변환

두려움에서 사랑으로 · 20 잘려 나간 손가락 · 22

찻잔 속의 태풍 · 29

자유로움

착하지 않아도 괜찮아 · 31 혹시 내게도? · 34

자유가 주는 온전함 · 38 밑 빠진 독을 채우는 방법 · 41

나만의 스토리

신의 한 수 · 44 삶의 재료 · 47

고통에 대한 의미 부여 · 50

취약성

사람인지라 · 53 나의 취약성 · 55

태연함

인생(은) 마라톤 · 63 극한의 알바 · 67 결핍 활용법 · 73

2. 사랑

모성애

갑자기 엄마가 되었어요 · 80 그 사랑 내가 줄게 · 82

행복하자 우리 · 86 항상 기억해 · 87

사랑의 결단

지원군이 아닌 아군 · 89 사람 고쳐 써도 되나요 · 95

사랑은 결단이다 · 98

이타심

마음을 움직이는 거인 · 104 매직 워드 · 108

일상의 배려 · 111

3. 지구 반대편의 삶

실리콘밸리에서

실리콘밸리의 실상 · 116 본질에 대한 집착 · 120

나와 너의 고유함 · 123 천재들과 함께 일하다 · 127

내면 매니지먼트 · 132 한국 손님 체험기 · 134

열정 페이의 기억 · 137 변수는 기본값 · 139

어떻게 살 것인가 · 142

4. 실행의 용기

실행

있는 모습 그대로 · 146 옛날 같지 않아 · 148

진작에 할 걸 그랬어 · 150 나의 무한 도전기 · 153

언어의 장벽을 넘어

제2의 자아 · 158 안 되는 진짜 이유 · 160

나는 왜 작아지는가 · 161 정서적 호환 · 163

정신적 유연성 · 167 악순환의 고리와 선순환의 고리 · 174

내면 성장으로서의 공부

공부의 본질 · 182 텍스트로의 여행 · 187

지속력

나의 기본 성향 · 191 열정의 유효함 · 193 한번만 더 · 195

5. 행복

행복의 인지

나는 고유한 원본 · 198 행복을 정의 내리는 용기 · 200

좋은 영혼 · 202

지금, 바로 여기

현재로 뛰쳐나오기 · 204 그의 죽음 · 207

소셜미디어와 현실 · 208 현실 속 열쇠 · 210

나름 최선이었거든요 · 215 다도를 배우며 · 217

6. 감사

자존감

감사의 전 단계 · 220 헬조선 프레임 · 225

Appreciate 감상하다, 감사하다 · 234

안식

과호흡과 공황장애 · 236 안식을 위한 현실 사용법 · 240

이렇게 어려울 줄은 몰랐습니다 · 242

시간은 변장한 영원 · 243

7. 자기 확신

연습해도 됩니다 · 246 결정장애 · 249

진리는 내 안에 · 252 만약에 · 257 꼰대는 사절 · 258

네게 확신이 생길 때까지 기다려 줄게 · 262

나로 태어나서 다행이다 · 265

8. 인내

인내할 수 없는 이유 · 270 당신의 시간표 · 274

입은 하나 귀는 둘 · 276 I'm Sorry · 279

자아의 부재 · 281 내려다보기 · 282

에필로그_ 과녁을 비껴간 내 인생의 또 다른 시작 · 287

1

에너지 변환

에너지 변환

환난을 통해 얻는 평정과 기쁨은
연륜이 가져오는 최고의 기적이다.
- 랄프 왈도 에머슨

두려움에서
사랑으로

미국 유학 생활 중 부모처럼 거둬주셨던 샌디는 나의 가장 친한 친구이자 멘토였다. 늘 깊은 가르침과 마음의 위안을 주었다. 그렇기에 샌디는 고통 없는 안락한 삶을 살아왔을 거라 생각했다. 유복한 집안에 태어나 좋은 남자를 만나 평탄한 길을 걸어온 것 같아 내심 부러웠다. 하지만 매일같이 목숨을 위협받는 가정환경에서 큰 고통을 안고 살아왔다는 사실을 알게 되었다. 유년 시절 중증 알코올 중독자였던 아버지는 걸핏하면 술기운에 총과 칼을 꺼내 들고 가족을 위협했다. 하루가 멀다 하고 총을 겨눠 당장이라도 방아쇠를 당겨버리겠다고 위협하는 아빠를 피해 추운 겨울날에도 맨발로 도망 다녀야 했다. 혹시나 끔찍한 살인이 일어나지 않을까 어린 샌디는 늘 노심초사했다. 그 이야기를 들은 후부터 내게 위로를 건네는 사람이 나보다 나은 형편일 것이라 단정짓지 않는다. 샌디는 성인이 되어서도 상처의 여파를 안고 살다가 어느 순간부터 결심했다고 한다. 자신이 당했던 고통과 여파가 미래 자녀에게 대물림되지 않게 하겠다고. 환난을 당한 연수와 고통의 무게만큼 더 행복하게 살아내겠다고. 샌디는 매일같이 나에게 격려했다.

"명현아, 네가 손 쓸 수 없던 아픔은 여기까지야. 지금부터 넌 행복을 대물림할 준비를 하고 있는 거야. 트라우마 안에 갇히기보다는 아픔을 공감하고 영향력을 행사하는 사람이 될 거야. 그 증거로 내가 지금 네 앞에 있는 거란다."

샌디의 다섯 자녀와 스물다섯 손자, 화목한 가정의 상징이 된 그녀의 삶은 깊은 상처를 이겨낸 숭고한 열매다.

샌디는 나뿐 아니라 주위의 많은 사람을 품고 상처를 싸매주는 사람이다. 가족 친지뿐 아니라 이웃도 무슨 일이 생기면 만사를 제쳐 두고 샌디와 상의하러 현관문을 두드린다. 한바탕 눈물을 쏟고는 용기를 내고 막막한 현실을 헤쳐나간다. 어느 날 마약 중독과 재활원 신세, 게다가 자살 직전의 위기까지 갔던 부부가 찾아왔다. 부부가 문을 열고 들어서자마자 온 집에 쾌쾌한 냄새가 진동을 했다. 초점이 없는 눈동자와 허리까지 내려오는 헝클어진 머리, 그리고 앙상하게 마른 몸에 걸쳐 놓은 듯한 외투와 모자는 저들에게 가망이 없다는 것을 단정 짓게 했다. 희망이 떠나버린 삶의 모습이 마냥 안타깝기만 했다. 몇 번 오다가 그만두겠지 싶었건만 지속된 상담으로 중독을 이겨냈다. 결국 그 부부는 교도소에서 교화 강사로 초청을 받았다. 억울한 마음과 상처가 샌디에게 족쇄를 채우려 할 때마다 샌디는 자신의 결심에 더 집중했다. 그리고 묵묵히 살아냈다. 어쩌면 현재의 고통보다 더 명확한 상위 가치가 없다는 것이 고통을 극대화하지 않을까.

잘려 나간 손가락

미국 유학 시절 왼손 검지 끝이 잘려 나간 극한의 경험을 했다. 친한 친구가 한국의 추석을 맞이해서 삶은 밤 한 봉지를 현관 문 앞에 놓고 갔다. 오랜 미국 생활 중에 너무나도 오랜만에 삶은 밤을 본 것이라 좋아서 어쩔 줄을 몰랐다. 세심하게 챙겨준 친구의 마음이 무척 고마웠다. 밤을 먹을 생각에 감격한 나머지 부리나케 부엌으로 달려갔다.

봉지를 열고 밤을 꺼내어 칼로 싹둑 썰었다. 슬프게도 밤은 땅바닥으로 미끄러져 나가고 내 왼손 검지 끝이 싹둑 썰렸다. 순간 눈앞이 하얘지고 시간이 멈춘 듯했다. 끝이 잘려 나가 난생 처음으로 피부 속을 적나라하게 보았다. 순간 정신을 잃을 뻔했다. 마침 부엌에 함께 있던 친구가 그 충격적인 장면을 목격했다. 시간은 정지되고 둘 다 입을 다물지 못한 채 할 말을 잃었다. 퍼뜩 정신을 차린 친구가 신발 자욱으로 얼룩진 시커먼 부엌 바닥에 떨어진 내 손가락 조각을 주워들었다. 그러고는 황급히 수돗물로 헹구었다.

'고단한 타지 생활에 앞만 보며 열심히 산 죄밖에 없는데 손가락마저 잘려 나가다니!'

내 안의 내가 절규하고 있었다. 밤처럼 딱딱하고 미끄러운 견과류를 날카로운 칼로 자르려 한 나의 아둔함을 자책하기보다 당시의 상황에 그동안 쌓아온 모든 울분을 모두 토해내고 싶었나 보다. 안 그래도 울고 싶은 사람 뺨을 제대로 때렸다.

의료보험 제도가 한국만큼이나 발달하지 못한 미국에서

외국인이 무보험으로 병원에 가는 것은 최악의 시나리오다. 당시에 나는 가난한 유학생이었기에 의료보험을 든다는 것은 상상할 수 없는 일이었다. 한 해 수익보다 더 많이 나올 진료비를 생각하니 눈앞이 캄캄해서 도저히 병원에 갈 엄두를 낼 수 없었다.

친구는 그나마 조각난 손가락의 세포가 조금이라도 살아있을 때 알코올로 헹군 후 붙여 놓으면 다시 손가락에 붙은 기적이 일어날 거라고 했다. 친구는 애써 나를 진정시키려 했지만 친구의 두 손은 두려움에 떨고 있었다. 의심 반 기대 반으로 뚜껑을 덮듯 손가락 조각을 살포시 덮어놓고 붕대로 감기 시작했다.

'이럴 줄 알았으면 부엌 바닥을 틈이 나는 대로 청소해 놓을 것을…. 이럴 줄 알았으면 한숨 돌린 다음 이성을 찾은 뒤 깨물어서 밤을 먹을 것을…. 이럴 줄 알았으면 친구가 욕심내어 밤을 혼자 먹을 것을…. 시간을 돌릴 수만 있다면….'

오만 가지 자책과 후회가 나의 통제를 벗어난 영역까지도 들락거리며 머릿속을 복잡하게 했다. 시간이 오래 걸리더라도 반드시 손가락이 붙을 것이라는 믿음으로 잠을 청하려 했다. 하지만 밤이 되니 손가락은 터져 나갈 기세로 욱신거렸고, 잠은커녕 제정신을 유지하는 것도 불가능 했다. 며칠을 노심초사하며 손가락이 썩는 것은 아닐까 싶어 빚쟁이 신세가 되더라도 병원 진료를 받아야 할까 고민했다. 지옥 같은 시간의 연속이었다. 그나마 진료비가 저렴한 빈민가 진료소들을 알아봤더니 벌써 몇 달 전부터 예약이 밀려 있다고 했다.

드디어 다른 곳에서 내 차례가 왔다는 연락을 받았다. 진료소에는 마약에 찌들어 몸을 제대로 가누지 못하는 약물 중독자들, 쾌쾌한 냄새를 풍기며 꾀죄죄한 몰골을 하고 있는 노숙자들, 에이즈 감염 검사를 받으러 온 성질환 환자들로 북새통을 이뤘다. 대기실에서 기다리는 내내 무서워서 심장이 쿵쿵 뛰었다. 까만 머리 동양인인 내가 그렇게도 신기했는지 쉴 새 없이 내게 말을 걸어 댔다. 악몽 같은 긴 시간이 흐른 후 드디어 내 이름이 호명되었다. 의사는 내 손가락을 유심히 보더니 손끝을 다시 분리했을 때 공기중에 있는 세균에 오히려 감염될 가능성이 있다며 수술을 해줄 수 없다고 단호히 거절했다. 하늘이 무너지는 줄 알았다. 미련하게 돈이 없다고 진작에 치료를 미룬 자신을 한탄하며 가장 큰 병원으로 갔다. 여러 가지 검사를 하고 한참을 기다리게 하더니 손을 전문으로 수술하는 외과 의사가 없다는 무책임한 말을 했다. 개인병원 손 전문의의 연락 정보와 손가락에 맞지도 않는 정사각형 밴드를 다섯 장 쥐여주며 나를 집으로 돌려보냈다. 개인병원에 전화를 해보니 이미 없어진 지 오래였고 설상가상으로 병원에서 2,000달러(한화로 약 220만 원)의 청구서가 날아왔다. 치료도 제대로 못 받고 2,000달러를 내야 하는 말도 안 되는 상황에서 낙심하려는 순간 정신을 퍼뜩 차렸다.

'어차피 문제 해결을 원한다면 정신을 똑바로 차리고 치료를 받으며 이 부당함과 맞서 싸우는 것이 먼저겠구나.' 라고 판단하고 감정에 모이를 주는 양을 줄였다. 슬퍼하고 좌절하되 동시에 나의 집중을 이성으로 옮겨온 후 의료복지 제도를 알아보고 사회복지사들에게 직접 전화를 하기 시작했다. 계속 안내 음성만 나오고 실제로 도와주는 사람이 없었다. 눈앞이 캄캄했다.

얼마 후 한국인 사회복지사와 전화 연결이 되었다. 전화상으로 요청하는 서류를 다 보냈다. 하지만 실제로 진전되는 일은 하나도 없었다. 답이 없는 하루하루를 보내며 막다른 골목에 다다르니 오기가 생겼다. 분노로 가득 찬 오기라고 하기보다는 계속해서 나를 넘어뜨리려 하는 상황에게 긍정의 본때를 보여주고 싶었다. 허무맹랑한 소리 같은 '긍정의 힘'이 상황을 반전시킬 것이라 믿어야만 했다. 다른 옵션은 없었으니까. 겨우 목숨을 연명하며 붙어있는 손가락에게 썩지 않고 버텨줘서 감사하다고 했다. 매일 아침 저녁으로 소독하고 연고를 발라주었다. 때마다 손가락을 붙잡고 제발 낫게 해주셔서 그래도 희망은 쓸모가 있다는 것을 입증해 달라고 기도했다.

그러던 어느 날 기적 같은 일이 일어났다. 어느 모임 자리에서 현직에 있는 사회복지사를 우연히 만났다. 사정을 들은 복지사는 안타까운 마음을 금하지 못해 다음 날 직접 담당 부서로 데려가 주겠다고 했다. 복지사와 함께 손가락을 부여잡고 온 나를 보고는 직원들이 내 신분증을 가져 다가 친절하게 지원서를 대신 작성해줬다. 그러고는 일사천리로 일을 처리해주었다. 놀랍게도 병원비는 당일 완납 처리되었다. 잘려 나가 생명이 끊어진 손끝은 생명 있는 부위에 접붙임을 받아 서서히 회복되기 시작했다. 잘린 부분의 경계선이 없어지고 지문이 생겨나고 그 위로 손톱이 자라나는 기적을 보았다. 촉각 신경이 온전히 돌아오지는 않았다. 하지만 썩지 않고 생명을 유지한 손가락을 내 온몸이 기억하고 있다. 희망이 내 손을 뿌리치지 않았음을 내 마음이 기억한다.

그때 이후로 나는 한계에 부딪힐 때마다 왼쪽 검지를 가만히 바라본다.

'이렇게 나을 줄 알았다면 그때 절망하지 않을 것을, 조금만 덜 걱정하고 차라리 다른 것을 할 것을….'

이렇게 지난 후회들을 기억하며 승전가를 미리 써 내려간다. 극한의 위기를 이겨내고 기적을 맛본 기억을 끊임없이 되뇌이며 절망이 끼어들 틈을 내어주지 않는다. 온전한 손가락으로 세수를 하고 머리를 손질하고 옷을 입고 요리를 하고 키보드를 두드리는 기적에 감격한다. 내 손가락 일화로 인해 힘과 용기를 얻은 사람들의 표정을 다시 한번 떠올린다. 그 후 다시 문제와 대면한다. 문제가 주는 심각성과 마음의 짐을 훗날 있을 희망의 결말에 결부한다. 이렇게 에너지 변환을 거친 문제는 힘을 잃고 제각기 이로운 모양으로 해결되고 만다.

찻잔 속의 태풍

현실의 삶은 종종 까마득한 절망의 자리로 우리를 욱여넣는다. 하지만 내가 처한 자리와 상관없이 내 안에 화학작용이 일어나고 있다면 이미 문제는 나를 빛나게 하는 에너지로 변환이 되고 있다. 인간인지라 잠시 혹은 오랫동안 평정심을 잃을 수 있다. 아무렴, 울분이 목구멍까지 차오르면 울어도 좋다. 나도 언제 썩어버릴지 모르는 손가락 때문에 평생 울 것을 다 울었다. 의료 기술이 둘째가라면 서러운 내 나라에서 치료받지 못하고 마약 중독자들과 에이즈 환자들과 함께 빈민가 진료소를 찾아 헤맸으니 말이다. 꽤나 비참했다. 모든 상황이 반전이란 없을 것이니 계속 절망하는 것이 어떻겠냐 권유했지만 나는 단호히 거절했다. 희망은 반드시 쓸모가 있다고 믿었기 때문이다.

그러고 보면 문제의 부재라는 것은 우리가 만들어놓은 허상일지도 모른다. 누구의 인생을 막론하고 희/로/애/락喜怒哀樂이 4분할씩 할당되어 있다면 지금 나를 힘들게 하는 하나의 사건에 고생과 애씀이(怒哀) 총량으로 범람하지 않았다는 뜻이다. 잠깐의 요란함으로 위협을 주는 찻

잔 속의 태풍이다. 지금 어떤 문제를 안고 있든 그 문제는 당사자보다 전화위복을 더 원하고 있다고 믿는다. 이것이 바로 내 에너지를 전환시키는 생존 능력 배양이다.

"호연지기는 혹독한 시련 속에서 길러진다. 마음을 뒤흔드는 광경 앞에서 정신이 고양되면, 잠들어 있던 자질이 눈을 떠 영웅이나 존경받는 인물이 될 법한 기질을 형성한다."

\- 아비가일 애덤스

자유로움

자유는 주어지는 것이 아니라
쟁취하는 것이다.
- 조르주 브라크

착하지 않아도
괜찮아

지인과 식사를 하러 식당 테이블에 앉아 한참 이야기를 하고 있었다. 주문한 요리가 나왔는데도 미처 수저를 챙겨 주지 못한 것이 생각나서 황급히 수저통 뚜껑을 열었다.

"앗, 죄송합니다. 제가 미리 챙겨 드렸어야 하는데…."

그러자 상대는 다짜고짜 너무 지나치게 예의를 차린다며 지적을 했다.

"솔직히 선생님은 이런 걸 고쳐야 해요. 힘 좀 빼고 살아요. 필요한 사람이 각자 가져가면 되는 거지. 이렇게 너무 예의 차리면 불편해요. 선을 긋는 것 같아 친해지지 못하잖아요."

그러고 보니 힘을 빼는 소소한 인간관계를 해본 적이 별로 없다. 이상하게도 사업상 면담이나 수업 외의 사적인 만남은 늘 정신적인 피로감을 유발하기 때문이다. 괜히 힘을 뺐다가 나도 모르게 실수를 하거나 약점이 드러나 수습하느라 고생한 기억이 있다. 그래서 차라리 적절한 격식과 긴장감 속에 서로 필요한 만큼의 무언가를 주고받는 것이 훨씬 더 안전하게 느껴진다. 사람을 쥐락펴락하는 고수라면 힘을 빼고 있어도 상관없겠지만 나 같은 하수에게는 아직 어림도 없는 일이다. 관계가 늘 원만해야 한다는 내 안의 강박도 한몫을 한다.

혼자만의 시간을 가질 때 머릿속에 떠오르는 몽상마저 인간관계 문제에 사로잡혀 허덕이게 된다. 불편한 구도 속에서 껄끄러웠던 모든 순간이 파노라마로 머릿속에 재생된다. 나의 현재는 아직도 그 잔재를 안고 있다. 그 잔재는 아직도 관계에 간섭하여 날 수고스럽게 한다.

나의 노력에도 불구하고 상대가 나를 달가워하지 않을 때면 힘이 빠진다. 평소에 선한 이미지를 갖고 있는 사람들도 마찬가지다. 당연히 내게 선하게 하리라 기대하지만 그건 지극히 순진한 발상이다. 알고 보면 사람에 대한 호불호가 명확하고 자신만의 기준으로 사람을 선별하는 사람이 부지기수다. 주로 그런 부류가 상대에게 큰 반감을 준다. 하지만 사람 인연이란 따로 있기 마련이기에 굳이 내 자신을 책망하거나 상대를 비난하지 않는다. 하지만 마음속 깊은 곳에선 모두를 충족시키는 만인의 연인이고 싶다. 그렇다. 나는 착한 사람 증후군을 앓고 있다.

착한 사람 증후군(People Pleaser)이란 타인의 심리적 기대와 요구에 무분별하게 부응하려 애쓰며 정작 스스로는 자신의 가치를 인정하는 능력이 없는 증상이다. 타인의 유익을 위한 진정성보다는 대가로 받는 관심과 인정이 주목적이기도 하다. 오랫동안 심리적 허기에 시달렸기에 안정감을 확보하려고 모든 사람과 상황에 굴종하는 심리적 태도다. 아무리 특별한 친밀감이 있다고 해도 모든 생각과 감정을 합일할 수 없지만, 합일하는 것만이 상대에게 인정받는 유일한 방법이라고 생각한다. 특히 외로움을 두려워하는 부류가 착한 사람 증후군에 취약하다. 외로움을 회피하기 위한 임시방편으로 인간관계 속에 뛰어들어 모든 후폭풍을 감내하기 때문이다. 외롭지 않으려고 과도하게 타협하고 의존한 나머지 상대의 영향력에서 헤어나오기가 어렵다.

혹시

내게도?

내게도 착한 사람 증후군 증상이 있는지 체크해 보자.

- 자신은 방치할지언정 상대가 원하는 말과 행동을 파악하고 맞춰준다.
- 의견이 다르거나 상대에게 만족을 주지 못할까 봐 상대의 눈치를 보게 된다.
- 혹시나 아싸(아웃사이더)가 되어 혼밥에 각종 불이익을 겪지 않을까 걱정이다.
- 싫은 소리를 못 해서 매번 손해 보고 마음 졸이는 것이 다반사다.
- 타인의 결정에 무리를 해서라도 동의하고 따르다 보니 삶의 균형이 자주 깨진다.
- 거절을 못해 예기치 못한 일을 떠맡다 보니 우선순위가 뒤로 미뤄지기도 하고 혼란스러움에 익숙해져야 한다.
- 상대방의 에너지에 무방비로 노출되어 있었기 때문에 그로 인한 불이익마저도 함께 떠안은 적이 있다.

- 주로 사람 때문에 정신적 탈진을 겪는다.
- 주변 사람들에게 나의 시간과 공간을 존중받지 못하는 프라이버시 침해가 잦은 편이다.
- 사소한 갈등에도 종종 분노의 임계점을 넘어서 황급히 관계가 단절되는 경우가 있다.

세 개 이상이라면 착한 사람 증후군을 갖고 있는 것이다. 이런 증상들이 나타나는 이유는 상대를 관용하고 수렴하는 에너지가 부족하기 때문이다. 상대에게 인정을 받으려는 데 미리 다 써버렸기 때문이다.

눈치를 보며 살아남기 위해 내적으로 개발된 메커니즘이니 알아차렸다고 해서 송두리째 뽑아버리기도 어렵다. 눈치가 빠른 여우 같은 사람들은 이런 필사적인 감정 구걸의 성향을 알아채고는 자기만족을 위해 교묘하게 이용하기도 한다. 가끔씩 안정된 환경에서 자란 사람들이 보이는 특유의 관계 속 여유로움과 자기 의견 표출은 남모를 상대적 박탈감을 느끼게 한다.

나도 모르게 소소한 일상의 관계와 대화 속에서 하지 않아야 할 일을 한다. 의도치 않게 대화의 분위기를 너무 무겁게 몰아가거나 정답을 제시하려 는다. 말끝마다 원하든 원치 않든 어느새 상대를 배려한 오지랖을 떨고 있다. 나로서는 그렇게 하는 것이 상대를 위한 최선이라 생각하며 필사적인 태도로 대화에 임한다.

하지만 대부분 삼삼오오 모여 일상을 나누는 대화는 나의 필사적인 태도와 호환이 되지 않는다. 일상의 만남과 대화 속에서 사람들은 나의 기능적인 면모가 아닌 인격적인 면모를 원하기 때문이다. 기억을 되짚어보니 답이 없는 줄 뻔히 알면서도 주저리주저리 늘어놓는 일상의 대화는 나에게 영락없는 정신과 상담 요청이었다. 고통을 수렴하여 속으로 승화하는 것이 익숙한 나로서는 밖으로 표출되는 부정적인 내용에 장시간 노출되는 것은 꽤나 큰 고통이었다. 친절하게 답을 제시하고 좀 더 건설적인 대화 주제로 넘어가보려는 나의 노력이 무색하리만큼 대화는 꼬리에 꼬리를 물고 이어졌다. 그럴 때마다 그 문제를 해결해 줄 수 없는 내 자신에게 화가 난 적도 있었었다.

그러던 어느 날 우연히 나와 똑같이 행동하는 사람을 대면한 일이 있었다. 사람이 꽤 괜찮아 보여 친해지고픈 마음에 한번씩 말을 걸었다. 놀랍게도 그녀는 매번 지나치리 만큼 격앙된 톤의 친절과 중간에 내 말을 툭툭 끊어 먹는 솔루션 위주의 화법을 구사하는 것이었다. 자신의 선을 벗어난 영역에서까지 전전긍긍하며 힘들어했다. 나만큼이나 수고로운 인간관계 속에 외줄타기를 하고 있는 한 여자와의 대면이었다. 의미 없는 과잉 친절로 인한 거부감은 꽤 여파가 컸다. 순간 거울을 보는 줄 알았다. 머리를 한 대 세게 얻어맞은 느낌으로 가만히 들어주기만 했다. 황급히 사과를 하며 수저를 챙기는 나에게 지나치게 예의를 차린다 다그쳤던 지인의 심정이 백번 이해되는 순간이었다.

'내가 늘 이런 모습으로 사람들을 대해 왔구나. 도대체 왜 그랬을까? 분명 상대에게 부담을 주려는 의도가 있었던 것은 아닌데….'

이것은 단순히 실수와 약점 잡힘을 피해 가려는 노력이 아니라는 것을 직감했다. 그것은 바로 인정받고 싶은 강한 욕구였다. 혹여나 상대를 실망시킬까 지레 겁을 먹고 감정의 승인과 인정을 받으려 하는 착한 사람 증후군 증상을 갖고 있었던 것이다.

이제야 비로소 내 자신에게 착한 것이 먼저라는 것을 깨닫는다. 내가 진짜 착하다고 느끼는 주위 사람들도 가만 보면 하니 같이 자신에게 먼저 착한 사람이다. 비행기가 추락할 때 내가 먼저 마스크를 써야 옆 사람을 살릴 수 있듯이 말이다. 지나치게 타인을 의식하려는 태도는 오히려 신경과민과 불안 증상을 일으킨다. 마음의 병은 늘 나를 간과하고 남에게 더 착하기 때문에 찾아온다. 착한 사람보다는 성숙한 사람으로 사는 것이 훨씬 더 좋다. 성숙한 사람은 필요에 따라 거절할 줄 안다. 의도적으로 매번 타인에게 굴종하는 것은 가식과 기만이다. 성숙한 사람은 마음에서 우러나오는 진정성과 용기를 발휘한다.

자유가 주는
온전함

미국 가족과 함께 살던 시절 뒷마당에서 채소 농사를 지었다. 아버지가 땅을 일궈놓으시면 우리는 각종 채소 씨앗을 뿌렸다. 설레는 마음으로 매일 물을 줬다. 어느새 시골소녀가 되어 마구간을 들락거리며 코를 찌르는 똥거름을 퍼다 날랐다. 풀이 무성하게 자라는 듯 싶더니 어느새 풍성해졌다. 끼니마다 갓 캐낸 감자, 무, 양파 등 신선한 재료로 식사를 즐겼다. 땅의 소산을 내 손으로 직접 거두는 즐거움이 꽤나 보람 있었다. 하루는 작심을 하고 잡초를 모조리 뽑아버리기로 했다. 무더운 여름날 콧구멍에서 김이 나올 정도로 씩씩거리며 해가 지는 줄도 모르고 잡초를 뽑았다. 밥 먹으라고 부르러 오신 샌디는 수고했다는 칭찬은커녕 하염없이 웃기만 하셨다. 이유인즉 한창 자라고 있는 아스파라거스를 잡초인 줄 착각하고 죄다 뽑아버린 것이다. 어쩔 줄을 몰라 미안하다고 수없이 사과했다.

하지만 샌디는 "그게 무슨 문제야? 아스파라거스는 또 자라는걸! 이건 잘잘못의 문제가 아니라 현실의 장에서 반드시 겪어야 하는 과정이야. 그게 삶이라구!(That's life)" 그것이 삶 자체라고 했던 한 마디를 내 평생 잊을 수가 없다. 그렇다. 이런 실수도 저런 낭패도 피해갈 수 없는 삶의 일부다.

그래서 언제부턴가 자원하는 마음으로 기꺼이 내 자신을 받아주기로 했다. 늘 남의 집 문을 두드리며 내 편이 되어주길 구걸하러 다니던 나에게 이제 그만 내 집으로 들어오라고 손을 내밀었다. 멀쩡한 아스파라거스를 모조리 뽑아버리듯 멀쩡한 일을 그르친 과거의 나도 용서했다. 나와 무관한 일에 늘 책임을 지려 한 오지랖도 나를 사랑하는 일에 쓰도록 했다.

진정한 비밀은 너무나도 당연해서 머리로는 알고 있으나 몸으로 살아내지 못했기에 내 기억 어딘가에 저장만 되어있다. 그래서 어디선가 거론이 되면 '당연히 그렇지.' 해놓고 정작 돌아서서는 그것의 부재 때문에 애를 먹는다. 이쯤에서 너무나도 식상한 '자기 존중'이라는 카드를 꺼내 들어야 할 것 같다. '자신을 사랑합시다.' 차원의 막무가내 자기애가 절대 아니다. 지금의 나를 위한 최선을 인식하고 받아들이며 나를 체계화하는 과정이다. 어떠한 상황이 나를 휘감을지라도 나를 상자떼기 도매급으로 넘겨버리지 않겠다는 자신과의 약속이다.

오직 자신에게 부여한 존엄성만 유효하다는 것을, 남에게 부여한 존엄성은 조건이나 다른 목적이 있다는 것을, 종속적인 자가 쉽게 가는 길의 종착지는 아무도 모른다는 것을, 자신의 내적 안녕이 거절받을 위험보다 앞선다는 것을, 때때로 내적 안녕을 유지하기 위해 치를 대가가 있다는 것을, 사랑받고 존중받아 마땅한 내 자신을 타인으로 투영하는 어리석음을 멈춰야 한다는 것이 모든 것은 온전한 '나'로 살아가기 위해 직면하는 것이다.

밑 빠진 독을 채우는 방법

내 삶 속에 빛을 발하는 결과들은 고군분투한 끝에 얻은 보답이다. 하지만 자초지종을 모르는 누군가에게 괜한 시기심을 불러일으켜서 제거해야 마땅할 위협요소로 보일 때가 종종 있다. 그래서 나는 혈중 질투 농도가 높은 사람들을 감지하는 본능이 좀 더 예민하게 발달되어 있다. 예기치 못한 적들이 우후죽순 생겨 뜻하지 않게 행로가 꼬이게 되는 경우가 많았기 때문이다. 치밀하게 의도된 크고 작은 치사함과 졸렬함이 이미 고단한 삶의 무게를 가중한다. 매사에 열정을 발휘하는 나의 적극적인 태도는 누군가에게 경종을 울리는 자극이 된다. 나를 자극제 삼아 본인의 역량을 발휘하고픈 좁은 시야의 부류는 내게 그리 호의적이지 않다. 전략상 나와의 관계를 유지하고 싶어 하지만 그만큼 에너지 손실이 크다. 같은 말이라도 나에게 내뱉는 말의 색채는 영 다르다. 단둘이 남겨질 때면 상대의 표정은 굳어지고 눈에서 레이저가 나온다. 어찌 된 건지 인간관계는 스티커처럼 내키는 대로 붙였다가 뗄 수가 없다. 그래서 작전상 나의 강점을 최대한 숨기며 타인의 시기심을 비껴가는

데 꽤 많은 에너지를 써야 한다. 질투는 파급 효과가 아주 큰 감정이다. 질투를 표출하는 것은 상대방이 부럽다는 명확한증거인데도 기어코 이행되기 때문이다. 그만큼 임의로 제어하거나 순리적으로 풀기가 어렵다. 그러고 보면 큰 일이 아닌데도 종종 인생이 피곤해지는 이유는 다 따로 있다.

그래서 언젠가부터 상대가 원하는 것을 먼저 얻게 해준다. 상대가 자신에 대해 드러내며 어필하고자 하는 것을 미리 파악하고 주목을 받도록 먼저 운을 띄운다. 원하는 바를 행하도록 흔쾌히 멍석을 깔아준다. 그렇게 어리광부리고 픈 아이의 손에 원하는 것을 쥐여주면 어느새 잠잠해진다. 적군의 맹독성 시기심을 차단하는 나만의 병법이다. 이런 밑 빠진 독에는 아무리 물을 부어도 소용이 없다. 그냥 연못에 빠뜨려 버리는 것이 상책이다.

원하는 것을 얻게 하고, 듣고 싶은 바를 듣도록 운을 띄워주기 이전에 나는 정작 그러지 못해도 이미 자유롭다. 마음껏 춤을 추도록 멍석을 깔아주고 원하는 것을 손에 쥐여준다. 나는 정작 올라갈 멍석이 없고 원하는 것을 손에 쥐지 못해도 만족하기로 한다. 나부터 자유롭다면 힘을 빼고 살아도 된다. 유도 기술처럼 상대의 힘에 일일이 맞설 필요

없이 살짝 비키기만 하면 상대는 자기 힘에 못 이겨 중심을 잃고 알아서 넘어진다. 나는 이미 연못이기에 저 밑 빠진 독들을 하나하나 빠뜨리면 된다. 그러다 보면 밑 빠진 독들의 말과 행동 뒤에 숨은 이유가 물 위로 떠오른다. 그러면 오히려 동정심을 갖게 된다. 신기하게도 몇몇은 훗날 아군이 되어 든든한 지지자로 내 옆에 남아있다. 그러고 보면 내 마음은 텅 빈 진공 상태인 적이 거의 없었다. 자유함으로 채워져 있지 않을 때는 온갖 잡다한 것이 몰려와 뿌리를 내리고 둥지를 틀기 시작했다. 자유로움이 잠시 자리를 비우면 타인과의 비교 의식에서 오는 교만과 열등감, 질투, 욕망, 증오 그리고 수치심과 같은 마음의 고통이 나를 똑같이 밑 빠진 독으로 만들었다. 사람을 바꾸려 들고 문제를 해결하려 들기 전에 내가 먼저 연못이 되었던 것은 참 잘한 일이다. 그러고 보면 모든 일의 순서는 나부터인가 보다.

나만의 스토리

스토리는 머리가 아닌
가슴을 움직인다.
- 유명현

신의
한 수

신기하게도 강의를 하다 보면 사람들은 전하려는 메시지보다는 내가 직접 겪은 스토리와 사례에 더 집중한다. 전달하고자 하는 교훈은 종종 간과하면서도 내가 직접 겪은 고난의 스토리에 더 몰입하고 감동을 받는다. 그런 모습을 보면 잠시 생각에 제동이 걸린다. 세상 어느 이론에 비해 별 볼 일 없어 보이는 나의 스토리가 사람들에게 깊은 여운을 남긴다니 처음엔 의아하기만 했다. 책 속의 내용 또한 마찬가지다. 남들은 줄 수 없는 작가만이 가진 삶의 경험에 독자들은 흥미를 느낀다.

마음 같아서는 저자로서 개인적인 경험담은 최대한 배

제하고 동서고금의 지식과 지혜를 총망라한 획기적인 콘텐츠로 감동을 주고 싶다. 온갖 명언과 철학자들의 이름을 들먹이면서 내 주장의 당위성을 입증해야 할 것만 같다. 하지만 그런 식의 글은 정보는 줄지언정 독자들에게 감동을 주지 못한다. 어쩌면 나는 저자로서의 지적 허영심으로 내 자신을 포장해서 독자들에게 어필을 하고 싶었는지도 모른다.

남은 속여도 자신은 속일 수 없다고 하지만 나는 쉽게 자신을 속일 때가 있다. 쓸데없는 허영심으로 남들에게 멋진 모습만 내비치고 싶은 유혹에 쉽게 빠진다. 때로는 상상대로 가공한 모습을 연출한다. 실제 과정 속에 있었던 쓰라린 실패와 좌절의 기억은 축약하거나 미화하고 싶다. 하지만 가공한 연출의 약발은 오래 가지 않는다. 결국은 굳이 다루고 싶지 않은 나의 실패와 좌절의 스토리가 신의 한 수다.

개인이든 공동체든 세상 모든 것에는 그만의 고유한 스토리가 있다. 하지만 자신을 향한 신뢰와 감동이 없기 때문에 그 스토리를 포착하지 못하고 매번 흘려보낸다. 나를 한없이 초라하게 만들었던 일련의 사건이 사람들로 하여금 용기를 얻고 삶의 진정한 의미를 되돌아보게 할 줄은 미처 몰랐다. 일상 속 찰나의 깨달음이 아무것도 아닌 지나가는 망상인 줄만 알았다. 그것을 나눔으로 인해 독자들이 변화하여 이전과는 다르게 살 수 있도록 해줄 수 있다고는 미처 생각하지 못했다. 어쩌면 나부터가 자신을 잘 포장하고 그럴싸한 이론을 들먹이는 사람의 말에만 귀를 기울였는지도 모른다. 아무렇지 않은 듯 자신의 아픔을 공개적으로 꺼내놓는 사람들을 보면 무슨 부귀영화를 누리겠다고 저렇게까지 하나 싶었다. 비참한 이야기는 내 안에서만 머무르는 것으로 하고 싶었다. 하지만 나조차도 상상을 초월하는 산전수전을 겪은 사람의 스토리에 코끝이 찡해지고 눈시울이 붉어진다. 가슴이 먹먹해지는 누군가의 스토리에 내일을 달리 살도록 마음먹는다. 이에 관한 나의 이해와 입장이 명확해지고서야 비로소 내 과거의 기억들을 되짚기 시작했다. 위대한 철학자가 남긴 수많은 명언보다 소소한 내 일상을 기록해놓은 일기장들이 진정한 보물 창고였다는 것을 알았다.

삶의 재료

내가 맡은 역할은 독자들에게 정답을 들이밀며 똑같이 하라고 다그치는 것이 아니다. 그보다는 현실을 수용하고 지나온 과정에 의미를 다시 부여하도록 마음의 힘을 실어 주는 것이 나의 몫이다. 언젠가 일어났던 예기치 못한 사건들, 그때는 미처 힘이 없어서 당하고만 있던 시간들, 죽을 힘을 다해 인내하며 헤쳐 나온 모든 시간이 다시 내게 손짓을 했다. 그 시간을 글로 써 내려가기 전까지는 매 순간 나의 현재를 비집고 들어와 나를 찔러댔다. 감동의 스토리는 커녕 발목을 잡는 족쇄처럼 느껴졌다. 승승장구하며 날아오르고 싶을 때면 그 족쇄가 매번 나를 잡아당겨 나의 불행을 다시 한번 입증했다.

결국에는 막다른 골목에서 선택해야 했는지도 모른다. '언젠가는 좋은 날이 올 거야.'라는 막연한 도피성 희망보다는 그 일련의 과정이 내게 말하려고 하는 바가 무엇인가 경청하기로 말이다. '소용이 없는 것을 소용이 있도록 만들고야 말겠다.'라는 억지가 아니었다. 하루가 멀다 하고 찾아오는 고난에게 눈물로 항변하다가 어느 날부터 귀를 기울이기 시작했다. 여러 가지 의문을 잠시 내려놓고 그 고난의 행적을 유심히 살폈다. 내키지 않았지만 일생의 마지막이라는 심정으로 고난이 주고 간 교훈이 내 삶을 윤택하게 한 순간을 되짚어보았다. 인정하기 싫었지만 현재의 삶 속에 빛을 발하는 영역은 하나같이 고난이 지나간 자리였다. 쉽게 인정하기 어려웠던 것은 가르침과 교훈이라는 명목으로 너무 자주 찾아올까 봐 미리 선을 그어 두고 싶었는지도 모른다. 굳이 고난이 아니라도 내가 알아서 깨달을 수 있었을 것만 같다. 고통의 이유가 남의 고통에 공감하고 돕는 것이라는 결론을 자주 듣는데 그에 비해 너무 큰 대가를 치른 것 같아 억울할 때가 있다. 하지만 이미 고난이라는 씨줄과 성숙이라는 날줄이 형형색색 아름답게 수를 놓고 있었다. 이제 와보니 그 어느 줄도 버릴 것이 없었다.

"다 무슨 소용이야. 내 몸 하나 편한 게 최고지!"

친구는 식사 중 최근 어려웠던 시간을 보낸 소감을 이야기했다. 깨달음, 교훈, 성장 그딴 것들이 무슨 소용이냐는 뉘앙스였다. 나약한 인간이라 나도 가끔 이런 푸념에 빠지는 것은 매한가지다. 고난이 복이라는 말은 순진한 이상일 뿐이라고 자신을 속이며 당장 현실 속 만족을 찾으려 한다.

하지만 벼랑 끝에 몰렸을 때 비로소 성장과 더불어 결정적인 전환점을 맞은 기억이 내 안에 선명하게 남아있다. 절망을 헤쳐나오는 과정 중에 나의 정체성이 명확해졌다. 지금 답이 없는 자리에서 고민하는 사람들이 있다면 그 자리를 회피하지 않길 바란다. 온실 속에 가둬 놓은 야생성을 끄집어내 다른 차원의 스토리를 끌어낼 운명이다. 잘하면 여생을 버틸 항체를 이때다 얻을 수도 있다.

얼마 전 도자기 전문가인 지인께서 최근 시도한 새로운 작품을 여러 개 가져오셨다. 평소 도자기에 관심이 많았던 친한 동생이 도자기들을 직접 만져보기 시작했다. 그런데 갑자기 그중 하나가 '빡!' 소리를 내며 손아귀에서 으스러졌다. 산산조각 난 도자기 파편들과 흙덩이들은 땅바닥으로 직행했다. 순간 모두가 얼어붙었다. 동생은 어쩔 줄 몰라 하며 얼굴이 빨개진 채로 수십 번은 넘게 죄송하다고 사죄했다. 배상을 하겠다며 금액을 알려 달라고 했다. 하지만 도자기 선생님께서는 쿨 하게 웃으시더니 한 말씀 하셨다.

"아, 그거 아직 굽지 않은 거예요."

도자기는 펄펄 끓는 가마에 넣어 초벌과 재벌 작업 후 완성된다. 그날 갖고 오신 선생님의 작품들은 완성된 도자기 같아 보였지만 흙으로 빚어지기만 했을 뿐이었다. 뜨거운 불가마 속 단련 과정을 거치지 않은 도자기는 손으로 살짝 쥐었는데도 산산조각이 났다. 굽지 않은 도자기가 깨진 것이 놀랍지도 않다는 선생님의 반응에 찰나의 순간이었지만 다들 깨달음을 얻었다. 그날 내내 만감이 교차했다. 불보다 더 뜨거웠던 생지옥과 같은 지난 시간이 오히려 나를 단단한 도자기로 만들었다는 방증이었기에. 한 번의 초벌로 끝나지 않고 더 높은 온도의 재벌 작업까지 온 몸으로 통과했던 기억이 너무나도 선명했기에.

고통에 대한 의미 부여

그 모든 것이 불행이라 굳게 믿고 있었던 이유는 나만의 곡해된 해석으로 계속해서 나의 경험을 오염시켰기 때문이다. 이런 해석은 과거와 현재, 그리고 미래의 나 자신을 단절한다. 지금 당장 처한 현실에 집중하지 못하게 하고 끊임없이 자신을 불행감 속에 고립시키기 때문이다. 매 순간 나의 발목을 잡는 불행감을 뿌리치기로 했다. 선으로 녹여내겠다고 다짐했다. 상처를 안고 불행의 축으로 끌려다녔다면 그것을 가지고 반대의 축으로 조금씩 움직이는 연습을 한다.

"내가 세상에서 한 가지 두려워하는 것이 있다면
그것은 내 고통이 가치 없게 되는 것이다."

– 도스토예프스키

고등 동물인 인간은 다른 동물과는 달리 자신이 겪은 고통에 대해 해설하고 의미를 부여한다. 그것도 일생에 걸쳐서 말이다. 그동안의 뜻 모를 고난에 대한 해설과 의미 부여가 스토리로 정리되어 영향력을 끼치지 못한다면 나의 고생은 그저 운이 없어 얻어걸린 복불복일 뿐이다. 도스도예프스키는 이것이 두려웠다. 자신의 고통이 자신의 생에 서 아무 역할을 못할까 봐, 의미 없이 흘려보낼까 봐 두려웠다.

고통이 주는 의미, 교훈, 성찰, 지혜, 전화위복의 뽕을 뽑는 사람들은 하나같이 스토리텔러다.

웬만해선 절망의 굴레에 다시 걸려들지 않는다. 그것을 오히려 역이용해서 밥을 벌어 먹고사니 말이다. 단시간에

될 것이라 감히 장담할 생각은 없다. 고난이 내게 주는 의미가 무엇인지 되묻고 재정립하며 인생의 컨텍스트(문맥)를 다시 조성해 나가는 것은 각자의 몫이다. 스토리로 채워지는 삶을 인식하지 못하면 운이 없어 생긴 불행한 사건 속의 피해자로 살 수밖에 없다. 솔직히 말해 삶의 질이 낮을 가능성이 높다. 세상이 끝나버린 것 같은 절망의 자리가 빈번히 찾아오는데도 시간은 가차 없이 흐른다. 또 다른 절망의 자리가 오고 있다는 것이 우리를 당황스럽게 만든다. 하지만 내가 발 딛는 미래의 자리에 지금의 고난이 나름대로 일을 한다. 여러분의 삶이라는 텃밭 또한 과거와 현재가 맞물려 미래를 밝힐 스토리의 열매를 맺고 있다.

"고통스러운 감정은 우리가 그것을 명확하고 확실하게 묘사하는 바로 그 순간에 고통이기를 멈춘다."

- 스피노자

취약성(Vulnerability)

사람이 되는 것은 곧 문제가 되는 것이요,
그 문제는 사람이 불안하고 정신적 고통을
당할 때 밖으로 드러난다. - 아브라함 헤셸

사람인지라

이 세상에 살아있는 사람의 수만큼 삶의 가짓수도 많다. 우리 모두는 서로 다른 삶의 맥락에서 각자의 취약성을 안고 살아가고 있다. 대부분은 자신의 취약성을 치부로 여겨 드러내지 않으려 한다. 취약함 자체가 인생 전체의 실패를 의미하는 것이 아닌데도 말이다. 미국 휴스턴 대학 사회학과 브레네 브라운 교수는 스스로의 가치를 자각하고 사는 사람들과 그렇지 않은 사람들이 자신의 취약성을 어떻게 다루는가를 오랫동안 연구했다. 실제 연구에서 'vulnerability'라는 영어 단어를 사용했는데, 이 단어의 사전적 의미는 '상처[비난]받기 쉬움, 약점이 있음, 취약성'이다. 많은 경우 '약점', '나약함'이라고 이해하지만 '취약성'이 원래 의미와 더 가깝다. 브라운 교수는 공개 강연에서 자신의 연구결과에 대해 이렇게 말했다.

"사랑과 소속감을 느끼는 사람들과 그것을 가지기 위해 몸부림치는 사람들 간에는 단 하나의 차이밖에 없었다. 사랑과 소속감을 느끼는 사람들은 자신이 사랑받고 소속될 가치가 있다고 믿었다. 이들은 자신이 약하다고(vulnerable) 말할 용기가 있었다. 그들은 우선 자기 자신에게 친절하고 그다음 다른 사람에게도 친절할 수 있는 연민의 정을 가지고 있었다."

어떤 사람은 취약성이 가져다주는 감정을 회피하거나 마비시키려 한다. 하지만 그것은 현실적으로 불가능하다. 우리는 로봇이 아니기에 선택적으로 감정을 취하고 마비시킬 수 없기 때문이다. 브라운 교수는 취약성이 주는 부정적인 감정을 마비시키면 즐거움, 고마운 마음 그리고 행복감마저도 마비시키게 된다고 덧붙였다.

우리 주변의 알코올 중독자, 감정 섭식자 그리고 마약 중독자가 이런 경우에 속한다. 물질이나 행위에 신체적 그리고 심리적으로 의존한다. 반복하고 남용함으로써 생기는 해로운 결과로 인해 삶 전체가 피폐해진다. 주위 사람들도 정신적인 피해를 입는다. 그런데도 고통을 회피하기 위해 계속해서 의존한다. 반면 자신의 온전한 가치를 자각하는 사람들은 자신의 취약성을 온전히 포용한다. 오히려 그것이 자신을 더 아름답게 만들어준다고 믿는다. 오히려 과감하게 노출함으로써 자신의 취약성에 대해 무뎌진다. 고통이 더 이상 객기를 부리지 못한다.

나의 취약성

나에게도 회피하거나 마비시키고 싶은 취약성이 있다. 그것은 바로 두려움이다. 미국 공립학교의 보조교사로 일할 때였다. 여느 때와 같이 학교 주차장에 주차를 한 후 교실로 걸어가고 있었다. 그날따라 늘 시끌벅적하던 복도와 교실이 조용했다. 아침부터 분위기가 심상치 않다는 것을 직감했고 학생 두 명의 비보를 들었다. 어제까지만 해도 밝게 웃고 있던 아이들이 작별 인사도 없이 하늘나라로 가버렸다. 믿을 수가 없었다. 아이들의 손때가 묻은 책상, 의자 그리고 사물함만 덩그러니 그 자리에 남아있었다. 평소에 부지런하고 자립심이 강했던 두 아이는 나무를 하며 용돈

벌이를 했다. 어느 여름날 나무를 너무 열심히 한 나머지 오두막에서 둘 다 깜빡 잠이 들었다. 잠이 든 사이 그만 불이 붙은 램프가 넘어졌다. 순식간에 오두막 전체에 불이 번졌다. 그렇게 두 아이의 짧은 생이 가슴 아픈 화재 현장 속에 마무리 지어졌다.

두 아이는 나의 척박했던 공립학교 생활에 위안을 주는 존재였다. 대마초에 쩔어 선생님이 하는 얘기는 귓등으로도 듣지 않는 아이들, 수업 중 성희롱 발언으로 나를 얼어붙게 만드는 아이들 속에서 숨통을 트게 해준 은인이었다. 늘 상냥하게 때로는 농담 한마디로 얼어붙은 나의 마음을 눈 녹듯 녹인 사랑스러운 아이들이었다. 게다가 둘 중 한 명은 나와 같은 교회에 출석했다. 그 아이의 온 가족이 당시 내가 함께 지냈던 가족과 절친한 사이라 평소에 집으로 자주 놀러 왔었다. 그렇게 교실 밖을 나온 후에도 아이들의 흔적이 곳곳에 묻어 있었다.

학교는 애통함에 잠겼고 이웃들은 애도를 표했다. 가족과 친구들은 하루하루를 눈물로 보냈고 며칠 후 장례식을 치렀다. 장례식에서는 곡소리가 나지 않았다. 죽음 앞에서 미소를 지어서도 안 되고 곡소리만 내야 한다는 무거운 중

압감이 없었기에 엄숙함 속의 미소로 마지막 인사를 했다.

한국과 다른 미국 장례식의 특징은 고인의 가까운 지인들이 앞으로 나와 고인과의 생전 잊지 못할 추억을 함께 공유하며 슬픔을 달랜다는 것이다. 나는 용기를 내어 잠시 눈물을 멈추고 앞으로 나가 마이크를 잡았다. 눈물을 멈추니 마음이 따끔거렸다. 잠시 숨을 고른 후 아이들과의 추억을 하나둘씩 끄집어냈다. 다들 회상에 잠기며 위안을 얻는 듯했으나 그리 오래가지는 않았다. 장례를 집도하는 목사님께서 용기를 내줘서 고맙다고 떨고 있는 두 손을 꼭 잡아주셨다. 불시에 찾아온 죽음의 횡포는 그렇게 모두의 일상을 흩트려놓았다. 너무 이른 나이에 직면한 삶의 일회성과 죽음이라는 결말 앞에 하염없이 눈물이 흘렀다. 하지만 이 비극 속에서도 세상은 잔인하리만큼 아무렇지 않게 돌아가고 시간의 흐름만큼 아픔도 덜해졌다. 이제 겨우 아픔에서 헤어나올 때쯤 사랑하는 친구 둘을 잃었다.

마지막으로 운명을 달리했던 리사의 모습을 본 것은 내게 큰 충격이었다. 고인으로 인한 상실감을 위로하기 위해 시신에 예쁜 옷을 입히고 온갖 치장을 하는 경우가 있다. 곱게 빗어 넘긴 머리에 분홍빛 화장을 하고 예쁜 옷을 입은 채 관 속에 누워있었다. 리사는 아무 말이 없었다. 눈을 감은 채 미소만 짓고 있을 뿐이었다. 마지막이니 손이라도 한번 잡아야겠다고 손을 내밀어 덥석 잡았는데 이미 굳어버린 그녀의 손에는 한기가 가득했다. 한국에서는 볼 수 없던 독특한 장례 풍습에 내면의 불안과 공포는 극에 달했다.

죽음이 근접 거리에서 나를 위협하고 있음을 느꼈다. 주변의 소중한 사람들을 하나둘씩 앗아가면서 말이다. 어느새 아픔보다 두려움이 더 커지기 시작했다. 그들이 누리지 못한 오늘이 도대체 내게 무슨 의미인지 묻다가 죄책감이 들기도 했다. 납득할 수 없는 현실을 있는 그대로 받아들이기엔 역부족이었다. 도망치려 발버둥칠수록 누군가가 이 현실에 대해 설명해 달라고 호소하는 것 같았다. 인간의 영역을 벗어난 고통의 문제를 매순간 직면해야 했다. 시간이 해결할 거라는 말도 철학적인 논리를 넣은 위로도 답이 될 수는 없었다. 오히려 답을 찾으려 노력할수록 아귀가 맞지 않는 현실은 더 잔인했다. 고통을 치유하기 위한 시간은 꽤나 길었다.

버티고 버티다가 결국 스스로 해결하지 못했다. 치유를 위해 치료를 받아야 했다. 치료 과정조차도 우여곡절이 많았다. 상담자와 심한 마찰이 있었는가 하면 약물 복용도 일방적으로 거부했다. 정신분석학자 칼 융은 '모든 신경증은 정당한 고통을 회피한 대가'라고 말한다. 하지만 동시에 '모든 심리적 증상에는 나름의 목적과 의미가 있고 인격적인 변화와 성숙, 통일을 이룩할 수 있는 기회'라 정의한다. 그렇다. 나는 고통을 있는 그대로 받아들이지 않았다. 해답을 찾고 합의점을 찾으려는 논리의 영역으로 회피했다. 삶의 모든 영역을 통제하려는 습성은 고통의 문제에서도 동일하게 작용했다. 통제하려 할수록 몸과 마음이 쇠해졌다. 나중에는 몸을 가눌 수도 없을 만큼 피폐해졌다. 꽤 오랫동안 아픔의 여파가 일상을 지배했다. 그러는 동안 생기 발랄하던 20대 여성은 모든 것을 두려워하는 어두운 여성으로 변해갔다. 살아있음에 대한 죄책감과 내일에 대한 두려움으로 숨 쉬는 것조차 어려웠다.

그러다가 누군가의 도움으로 내면 깊이 들어갔다. 다시 고통을 마주했다. 그리고 끌어안았다. 고통을 완전히 떼어놓을 수 없었지만 그 대신 새로운 삶을 얻었다. 누구도 공감하지 못하는 아픔으로 힘들어하는 사람들을 알아보기 시작했다. 손을 내밀었다. 문제로부터 도망치려는 사람에게 그 속으로 묵묵히 걸어가도록 용기를 주었다. 필요 시엔 동행하기도 했다. 타인의 삶 또한 품을 수 있는 내면의 용량이 생겼다. 용량이 점점 늘어날수록 전보다 더 여유로워졌다. 사람을 품으니 자연스레 나를 품게 되었다. 글로 배운 머릿속 지식에 더 방대한 삶이 덧입혀져서 삶의 농도가 짙어졌다. 결국엔 내 삶 전체를 껴안을 수 있었다. 그렇게 무거운 시간을 보내고 나면 그 자리에 새순이 돋아나고 삶의 계절이 바뀐다. 브라운 교수는 개인의 취약성은 개인의 변화, 기쁨, 창의 그리고 긍정성의 '모태'라 정의 내렸다.

전문기관에서 상담받는 것을 수치스럽게 여기는 한국의 사회 분위기를 기억하고 있었기에 쉽지 않았다. 아직도 남이 알면 정신적으로 문제 있는 사람으로 낙인찍힐까 봐 개인 선에서 해결하려는 사람이 많다. 하지만 주위 사람들이 괴로워진다. 서구 사회에서는 아프면 의사를 찾는 것만큼이나 전문가에게 심리 상담을 받는 것이 보편화 되어 있다. 마음의 병이 있는 사람이 상담을 받지 않고 있다면 주위 사람들에게 책임을 묻는 경우도 있다. 한 번씩 미국사회를 공포로 몰아넣는 총기 난사 사건이 전문적인 상담없이 홀로 마음의 병을 묵혀둔 극단적 결과다. 몸이 감기를 앓듯 마음도 감기를 피해갈 수 없다. 인간인지라 직면하게 되는 자연의 섭리다. 갓 결혼한 커플 또한 순조로운 결혼생활을 위해 전문 상담가의 멘토링을 받는다. 우리의 취약성이 우리를 규정짓지 못한다는 사실을 알고 있기 때문이다. 나의 취약성이 나라고 생각하는 바로 그 순간 실패가 끼어든다. 취약성을 다른 개체로써 보듬는 사람은 날마다 높아지고 깊어지며 넓어진다.

한 강사가 강의를 시작하기에 앞서 20달러짜리 지폐를 들고 물었다.

"이 20달러짜리 지폐를 갖고 싶은 분 있습니까?"

여러 사람의 손이 올라가는 것을 보고 강사가 말했다.

"드리기 전에 할 일이 좀 있습니다."

그는 지폐를 구겨 뭉치고는 말했다.

"아직도 이 돈 가지실 분?"

사람들이 다시 손을 들었다.

"이렇게 해도요?"

그는 구겨진 돈을 벽에 던지고, 바닥에 떨어뜨리고, 욕하고 발로 짓밟았다. 이제 지폐는 더럽고 너덜너덜했다. 그는 같은 질문을 반복했고, 사람들은 다시 손을 들었다.

"이 장면을 잊지 마십시오."

강사가 말했다.

"내가 이 돈에 무슨 짓을 했든 그건 상관없습니다. 이것은 여전히 20달러짜리 지폐니까요. 우리도 살면서 이처럼 자주 구겨지고, 짓밟히고, 부당한 대우를 받고 모욕을 당합니다. 그러나 그 모든 것에도 불구하고, 우리의 가치는 변하지 않습니다."

- 파울로 코엘류 《흐르는 강물처럼》 중에서

태연함

태연자약(泰然自若, 어떤 일이 있어도 흔들리거나
두려워하는 일 없이 천연덕스러운 품성)은 역경에
대응하는 가장 좋은 방법이다. - 중국 속담

인생(은)

마라톤

흔히 인생을 마라톤에 비유한다. 그러고 보니 마라톤은 인생과 여러모로 많이 닮아 있다.

첫째, 단거리 달리기와는 달리 출발선이 같지 않다. 그래서 굳이 좀 더 앞에서 출발한다는 것이 절대적으로 유리한 조건은 아니다.

둘째, 빨리 뛰는 것보다는 완주하는 데 의미를 둔다. 그런 의미에서 남의 속도와는 상관없이 자신의 페이스를 조절하는 것이 가장 중요하다.

셋째, 혼자 달리기에 종종 외롭고 힘겨운 순간이 찾아오기도 한다. 시간이 지날수록 기진맥진하다가 중간에 포기할 것인지 아니면 완주할 수 있을지 끊임없이 고민하기 때문이다.

선선한 어느 가을날 친구와 함께 마라톤 경기에 참가했다. 내 생에 장거리 마라톤은 처음이라 며칠 전부터 만반의 준비를 했다. 출발 전에 안내원은 참가자들을 모아놓고 여러 가지 준비운동을 시키더니, 갑자기 마이크를 덥석 잡고 퀴즈를 냈다.

"마라토너들이 절대 하지 않아야 할 것이 무엇인가요?" 순간 정적이 흘렀다. 안내자는 쭈뼛쭈뼛하더니 '오버 페이싱을 절대 하면 안됩니다!'라며 답을 주었다. 오버 페이싱이란 무의식적으로 자신의 페이스 한계를 넘는 것이다. 예상보다 좋은 자신의 페이스에 도취된 채 자기 실력 이상으로 처음부터 힘을 쓰는 것을 의미한다. 매사 승부욕에 들끓거나 지는 것을 죽기보다 싫어하는 사람들이 주로 처음부터 오버하다가 119 구급차 신세를 진다고 한다.

설명이 끝나기가 무섭게 총성에 맞춰 모두가 출발했다. 퀴즈의 답을 듣고도 들뜬 기분의 하수들은 처음부터 전력질주했다. 안내원의 경고를 한 귀로 듣고 한 귀로 흘렸으니 얼마 못 가 기진맥진하는 것은 뻔한 결과였다. 고수들은 시간이 지날수록 천천히 속력을 내기 시작했다. 나를 포함한 이도 저도 아닌 이들은 중간 지점을 앞두고 하나 둘 뒤쳐지기 시작했다.

그중에 유독 내 뒤에 따라오던 남성은 일단 나를 먼저 추월하는 것을 목표로 삼은 듯했다. 출발 후부터 뒤통수가 따가울 정도로 나를 의식하는 것이 느껴졌고 부담스럽게 숨을 헥헥거리며 바짝 내 뒤를 쫓았다. 숨소리가 뒤통수에 가까이 닿을수록 나는 있는 힘껏 내달렸다. 그렇게 나와 그 남성은 오십보 백보 도토리 키재기 거리에서 숨 가쁘게 수 차례 추격하고 추격당하기를 반복했다.

또다시 내가 추월할 차례가 오자 남성은 위기에 처한 눈빛으로 계속 힐끗 뒤를 돌아봤다. 뜻하지 않게 눈이 마주쳤지만 나는 아랑곳하지 않고 속력을 냈다. 남성은 마침내 불편한 기색을 보이더니 '캬아-악' 소리와 함께 가래침을 장전했다. 드디어 내가 추월하는 순간 '퉤엣-' 하며 내 발에 정밀 조준해서 가래침을 발사하는 것이었다. 너무 놀란 나머지 심장이 두 배로 쿵쾅거리고 양손이 부르르 떨렸다. 머리통 전체에서 맥박이 느껴졌다. 입이 바짝 말라 침을 모으기도 어려웠을 텐데 얼마나 지기 싫었으면 정신 나간 행동을 했을까. 다행히도 왼발이 먼저 나갔기에 망정이지 오른발이 먼저 나갔으면 뜬금없는 가래침 세례를 받을 뻔한 것이다. 순간 끓어오르는 분노를 참을 수 없었지만, 그 와중에도 뒤쳐지긴 싫어 있는 힘껏 앞으로 달려갔다. 닿을 수 없는 거리를 확보한 다음 양손 가운데 손가락을 한꺼번에 날렸다. 그 남성은 손가락 발사 정도로 끝난 것을 나에게 감사해야 한다. 마음 같아선 주먹을 날릴 뻔했으니 말이다.

그 후 추격전이 몇 차례 더 있었지만 결국 내가 몇 분 일찍 들어왔다. 그래도 내가 이겼음을 확증하고 나니 속이 다 후련했다. 하지만 기쁨도 잠시…. 걷기가 영 불편해서 양말을 벗어보니 엄지발톱 두 개가 이미 뽑혀 있었다. 잠시 승리의 기쁨을 맛보려 발톱을 갖다 바친 인간 승리였다. 도대체 뭣이 중헌디…. 지기 싫어서 이를 악문 채 발톱이 뽑혀 나가는 줄도 모르고 달렸을까. 끝내 태연하지 못해 달리는 내내 오버 페이싱을 한 것이다. 과연 그만한 대가를 치를 만한 경쟁이었던가?

마라톤이 끝난 지가 언젠데 아직도 엉거주춤 걷는다. 문지방이나 가구 모서리에 발가락이 한 번씩 부딪히면 비명도 안 나올 정도로 극한의 아픔을 느낀다. 난 아직 철이 들려면 한참 멀었나 보다. 그날을 떠올리면 가래침의 위협과 발톱 참사보다 결국 내가 이긴 것이 생각나서 입가에 미소가 번지니 말이다.

극한의
알바

"안녕하세요. 저는 ○○한인교회 집사 ○○라고 합니다. 급하게 통역을 의뢰하려 합니다. 가까운 지인이 개인 사정으로 인해 남편과 이혼을 하게 되었습니다. 혹시 이번 주 토요일 아침에 시간이 되면 이혼 합의를 위한 통역을 도와줄 수 있으세요?"

어느 날 모르는 사람에게서 이런 문자 메시지를 받았다.

나는 통역 분야에서 매사에 팔을 걷어붙여 열심으로 임했기에 한인 사회에서 나름대로 인정을 받았다. 이달의 주목할 한인으로서 샌프란시스코 월간지에 기사까지 실렸기 때문이다. 그 기사를 읽은 의뢰인이 용기를 내서 지인을 통해 내게 연락을 한 것이다. '부부지간에 아무리 말이 안 통해도 그렇지 통역까지 의뢰해야 하나, 정말 의사소통 문제로 이혼을 합의할 수 없다면 애초에 결혼은 어떻게 합의했

단 말이야.' 하는 생각에 속으로 코웃음을 쳤다. 나중에 자초지정을 들으니 한국어가 불편한 이민 2세 남편이 영어가 많이 불편한 아내와 이혼하길 원하는 상황이었다. 부부간의 대화를 한 번도 통역해본 적이 없기에 내심 걱정했다. 보나마나 누가 봐도 난감한 상황에 통역을 선뜻 돕겠다는 사람이 딱히 없어 몇 다리를 거쳐 내게까지 도움을 요청한 것이다. 돈 몇 푼 벌겠다고 남의 가정사까지 개입하는 것이 썩 내키지 않아 거절하려 했지만, 알고 보니 여자 쪽 형편이 변호사를 선임하기에 빠듯한 상황이었다.

이혼이라는 민감한 사안인 만큼 법적인 내용을 자칫 잘못 이해하면 영어 소통이 어려운 여자 쪽에서 큰 손해를 입을 것 같고, 누군가의 도움이 간절히 필요하겠구나 싶어 정신이 퍼뜩 들었다. 며칠 후 나는 꿀 같은 주말 아침잠을 마다하고 단숨에 달려갔다.

떨리는 마음으로 조심스럽게 초인종을 눌렀다. 어린 꼬마 아이가 풀이 죽은 모습으로 문을 열었다. 거실과 연결된 방문 밖으로 남동생이 고개를 빼꼼히 내밀었다. 의뢰한 여성 분은 황급히 달려와 내게 인사했다. 어쩔 줄을 몰라 하는 표정에서 자신도 이런 통역을 의뢰할 줄 몰랐다는 당혹감을 읽을 수 있었다. 황급히 아이들을 방으로 밀어넣자 아이들은 드디어 올 것이 왔구나 하는 씁쓸한 표정으로 방으로 들어가면서도 계속 나를 주시했다. 아이들이 함께 있을 것이라고는 전혀 예상하지 못했다. 아이들을 보는 것만으로도 죄책감에 가슴이 따가웠다. 눈웃음을 지으며 간단히 묵례한 후 애써 시선을 돌렸다. 의자에 앉아 집을 둘러보다가 이제야 막 닫히는 문틈 사이로 아이들과 눈이 마주쳤다. 잠시 마주친 아이들의 눈 속에서 그동안의 공포와 미래에 대한 불안을 감지했다. 나는 아무 말도 할 수 없었다. 마음 같아선 아이들을 한번 안아주고 "걱정 마. 다 괜찮아질 거야." 하고 안심시켜 주고 싶었지만, 오히려 부모의 이혼을 도우러 온 사람으로서 차마 아이들에게 말을 건넬 용기가 없었다.

남편은 거실 테이블에 앉아있었다. 상냥한 말투와는 상반되는 굳은 표정이었다. 어색한 분위기 속에서 나는 시키지도 않은 자기소개를 한 뒤 곧바로 본론으로 들어갔다. 남편은 여태까지 있었던 아내와의 불화와 갈등을 나열하며 이혼을 원한다고 못 박았다. 법률 내용이 들어가지 않은 간단한 표현들이었지만 아내는 이해하지 못했다. 불화

이전에 언어 소통 자체가 급선무였는지도 모르겠다. 아내에 대한 온갖 불만과 비판을 면전에 전달하려니 차마 입이 떨어지지 않았다. 마음을 가다듬고 더듬더듬 전달했다. 완곡하게 에둘러 말하려 해도 민감한 사항이라 영 쉽지 않았다. 있는 그대로 전달하려니 부담감이 밀려와 진이 빠졌다.

가만히 듣고 있던 아내는 반박하려 들지 않았다. 체념한 듯 고개만 끄덕일 뿐이었다. 깊은 한숨을 내쉬고는 다 좋으니 아이들의 양육권을 달라고 했다. 남편은 나의 통역이 끝나기가 무섭게 단호히 "No, I can't!"(그럴 수 없어)라며 거절했다. 애써 지키던 평정심을 잃은 남편은 상기된 얼굴과 목소리로 거절하는 이유를 하나하나 늘어놓았다. 너무 깊은 개인사와 부부의 사생활이 오갔기에 아이들이 문틈으로 새는 소리를 듣지 않을까 듣는 내내 노심초사했다. 언어가 다른 부모의 자녀가 각 언어에 능통하다는 것을 알고 있었기에 더욱 마음이 아팠다. 아이들은 그럴 리가 없다고 반박하고 싶어도 같은 말을 다른 언어로 번갈아가며 반복해서 듣고 있을 뿐이었다. 본의 아니게 아이들에게 씻을 수 없는 상처를 줬다. 화해의 기미는 없었다. 이야기가 길어질수록 서로의 치부가 막무가내로 드러났다. 자신을 방어하기 위해 서로에게 맺힌 원한을 끄집어내 되짚을 뿐이었다. 그렇게 내 눈앞에서 한 가정이 산산이 깨어지고 있었다.

통역을 하다가 눈시울이 붉어지다 못해 끓어올랐다. 버림 받는 아내의 절망감, 남편의 끓어오르는 분노, 실시간으로 중계되는 없는 양측의 낯뜨거운 개인사가 너무 가혹했다. 내 안에 있는 해결되지 못한 상처를 자극했다. 부모 없이 자란 설움을 꾹꾹 누르고 여기까지 왔는데 다른 누군가의 가정이 깨어지는 현장에 가담하게 되었다니 믿을 수가 없었다. 말이 좋아 통역사지 그날 나는 가정 파탄 대행원이었다. 방안에서 떨고 있는 아이들에게 혹시나 앞으로의 여정이 너무 가혹하지는 않을까 염려됐다.

흘러넘치려는 눈물을 삭이고 양측의 의사를 정리하기 시작했다. 차갑게 굳어버린 남편은 애써 끝까지 친절한 표정으로 경청했다. 절망과 자포자기 사이를 수없이 오가던 아내는 말을 이어갈 기력조차 없는 듯했다. 풀이 죽어 대꾸도 않고 약간의 미소만 띠고 있을 뿐이었다. 남편의 말을 아무리 에둘러 전하려 해도 요점을 왜곡할 수는 없었다. 속수무책으로 날이 선 비수의 말들을 전하느라 진을 다 뺐다. 서로의 입장을 잘 이해한 부부는 서로가 계획하는 대로 법적 절차를 밟아 나가기로 합의했다.

작별 인사를 나눈 후 여자는 주차장까지 나를 배웅했다. 차문을 열기 전에 겨우 입을 열었다. 너무 걱정하지 말라고 그리고 부녀자를 돌보는 법이 둘째가라면 서러운 곳이 이 미국 땅이니 염려 말라고 했다. 돌아오는 내내 심장이 쿵쿵 뛰었다. 차라리 주말 아침잠 속의 꿈이었다면 얼마나 좋았을까. 아무리 세상 모든 일이 다 의미 있고 보람 있을 수만은 없다지만 이건 아니지….

마음을 달래려 삶이 고달플 때마다 위안을 받던 금문교로 향했다. 그러나 태평양 바다의 장관도 그날따라 무용지물이었다. 한참을 괴로워하던 중 내 안의 작은 음성이 말을 걸어왔다. 자책하지 말라고, 다 이유가 있다고, 잘하고 왔다고, 서로 소통을 못 해 끙끙 앓고 있는 것보다 오늘 허심탄회하게 대화한 것이 백배 더 낫다고, 같이 아파하며 통역해줘서 여자는 오히려 용기를 얻었다고, 아이들에게 아직 엄마의 손길이 필요하다는 걸 남자도 이미 잘 알고 있다고, 인생지사 새옹지마라고, 이제 내가 해줄 수 있는 것은 죄책감보다는 태연하게 그 가족을 위해 기도하는 것뿐이라고.

결핍

활용법

관상 좀 볼 줄 아시는 주위 어른들은 늘 내게 격려의 말씀을 아끼지 않으셨다.

"유명현 선생님은 앞으로 걱정할 필요가 없네요. 관상이 참 좋습니다. 그런 관상으로는 절대 고생 안 합니다. 마늘쪽 코에다가 이마도 계란 껍질처럼 둥글고 맨들맨들해서 딱 봐도 부잣집 맏며느리상인 걸요."

하지만 관상과는 별개로 현실의 한계를 품고 살 수밖에 없었다. 관상이 밥 먹여줄 거라고 애초에 기대한 적도 없지만, 자그마한 역할이라도 해주길 내심 기대하고 있는 것은 사실이다. 저 멀리 인생 역전을 바라보며 가기보다 그냥 하루씩만 산다. 어딜 가도 비빌 언덕 없이 혼자 헤쳐나가야 했다. 그러다 보니 어떤 일을 해도 시작이 늦었고 진행도 더디었다.

녹록지 않은 외국 생활에서 학비, 용돈, 방값, 식비, 자동차 유지비 등 무엇 하나 내 손으로 하지 않으면 안 됐다. 맞벌이 집 청소, 강아지 산책, 갓난아기를 돌보는 보모까지 온갖 아르바이트를 다 했다.

결핍이 주는 불편함은 생각보다 여파가 컸다. 무엇보다 감정에 미치는 부정적인 영향이 컸기에 현실을 직시하기보다는 덮어버리고 싶을 때가 많았다. 마이너스에서 겨우 출발선으로 끌어올려 놓으면 예기치 못한 돌발 사건이 찾아오고, 회복하기에 충분한 시간을 주지 않은 채 또다시 반복됐다. 한국에 돌아와서도 마찬가지였다. 그나마 꿋꿋이 올라가던 사다리마저 걷어차일 때면 노력과는 무관하게 원점으로 다시 떠밀려나는 심정은 말로 할 수 없다.

특히 프리랜서 일에 빠질 수 없는 것은 갑을 관계의 계약이다. 영어 단어 프리랜서freelancer는 free(자유)한 lance(창)에서 유래했다. 말 그대로 freelance는 '자유로운 창', freelancer는 '자유로운 용병'이라는 뜻이다. 당시에 용병들은 특정한 인물의 신하로서 배정받기보다 자신이 원하는 옵션을 제시하는 고용주를 자유롭게 고를 수 있었다. 용병의 사기를 살려도 모자랄 판에 구두의 논의가 끝나면 매번 을로서 계약에 임한다. 썩 좋은 경험은 아니다. '을(유명현)은 갑(○○○)에 이의를 제기할 수 없다', '○○할 권리는 갑이 가진다' 등 조목조목 나를 불리함으로 몰아가는 조항들을 읽어 내려가다 보면 일을 시작하기도 전에 힘부터 빠진다. 나중에는 저항할 힘도 없어 부당함에 익숙해진다. 돈으로 돈을 버는 이들 앞에 속수무책으로 두둑한 밑천의 중요함을 다시 한번 깨달을 뿐이다. 이렇게 일의 시작부터 산산이 조각난 자신에게 연민을 느끼기 시작하면 오랜 시간 동안 정신적으로 헤어나오지 못한다. 사업에 성공하거나 시기적절한 부모의 지원 사격으로 한 번씩 숨통이 트이는 친구들을 보면 그저 부러울 뿐이다. 내 상황이 안 좋을수록 매번 승승장구하는 주위의 친구들을 진심으로 축하해 줄 수도 없다.

평소에 가깝게 지내던 교수님을 통해 60세를 넘은 노년의 여성분을 알게 되었다. 첫 만남부터 말끝마다 돈의 중요성을 강조하면서 돈이 최고임을 세뇌시키셨다. 나이가 지극한 어르신이어서 딱히 대꾸도 못하고 계속 맞장구만 쳐주었다. 한번은 집으로 초대를 받았다. 혹시나 한 걱정은 역시나였다. 함께하는 모든 시간의 시작부터 끝까지 어김없이 돈타령이었다. 정신이 혼미해진 나는 TV를 켜서 볼 것을 권유했는데 예능 프로그램이 나왔다. 유명 아이돌의 호화로운 휴양지 여행을 취재하는 콘셉이었다. 외국여행 중 수영장이 딸린 호텔 방에서 아침을 맞이하고 유람선에서 외국인들과 함께 광란의 칵테일파티를 즐기는 장면이연출됐다. 문제는 누가 봐도 의도성 짙게 기획된 화려함을 경쟁적으로 보여주는 연출이기에 일말의 감동도 없었다. 하지만 그분께서는 한 시간 내내 아이돌 스타의 TV속 호화 생활과 나의 수고로운 일상을 비교 대조하셨다. 세상 그 어떤 것에도 돈만 쫓아야 한다는 결론을 갖다 붙이는 재주를 다른 데 쓰시면 얼마나 좋았을까. 듣다 듣다 화가 났지만 한편으로는 '60대가 되어서도 저런 정신으로 살 수 있구나…. 도대체 무엇 때문일까….' 하는 생각에 마음이 짠했다.

1년 후 그 아이돌 스타는 온갖 불미스러운 사건에 휘말려 꽤 오랫동안 실시간 검색은 물론이고 모든 뉴스 채널을 독식했다. 여러가지 불미스러운 혐의로 법원에 출두하는 모습이 실시간으로 방영되었다.

나는 상대가 단지 돈이 많다는 이유로 달리 보거나 무조건적으로 존경을 하지 않는다. 그 돈으로 무얼 했느냐에 반응한다. 돈의 행로를 보고 그 사람의 가치관과 배포를 인정해 줄 뿐이다. 실제 인격은 엉망이라도 돈이 존경받기에 돈을 가진 사람 역시 존경을 받는다. 돈은 한 개인의 무능력을 능력으로 만들어주기도 한다. 독일의 사회학자 게오르그 짐멜은 "돈은 물질이 아니다."라고 말했다. 돈은 개인이 자유롭게 세계와 이어질 수 있도록 돕는 매개체다. 그런 의미에서 거액의 자산은 개인의 운과 노력의 결과치일 뿐 사람 자체의 총체적 가치가 아니다.

어떤 경우에도 결핍은 씁쓸함이나 절망감으로 끝나지 않아야 한다. 반복되는 박탈감 속에서 괴로워하고 있다면 기억해야 할 것이 있다. 흔히 '부러우면 지는 것'이라고 하지만 진짜 지도록 만드는 원흉은 부러움 그 자체가 아니다. 각기 다른 인생을 사는데 거기에 이기고 지는 것이 어디 있는가? 처음부터 누군가의 어떠함에 비교하며 경쟁 구도로 진입하려는 자신의 마음이 문제다. 실상은 내가 가진 것을 잊고 있기 때문에 지는 것이다. 평소의 나다움을 한탄하고 생각대로 전개되지 않는 일상에 분노하고 있기 때문이다. 나이, 성별, 학력, 그리고 재력을 불문하고 누구에게나 만만한 삶은 없다는 것을 망각해서는 안 된다. 돈으로만 버텨내기에 이 세상은 그리 호락호락한 곳이 아니다.

결핍은 반드시 뼈저린 교훈을 준다. 돈이 최고라는 세뇌가 아닌 껍데기 속에 감춰진 알맹이를 보게 한다. 풍족한 때엔 여간해서는 보기 어렵다. 그러나 괜히 성숙해 보이는 척, 깨달음의 경지에 오른 척 결핍의 상태를 정당화하거나 미화하면 안 된다. 종종 결핍 때문에 자존감이 낮아질 때 체면상 취하는 방법인데 더 구차해 보일 뿐이다.

결핍으로 인해 모든 선택이 개인의 취향보다는 생존에 기반이 된다. 그때야 비로소 더 현명한 의사결정을 한다. 그 결과 삶의 군더더기가 제거된다. 그제야 최적의 상태를 갖추고 하늘로 날 수 있다. 거추장스러운 장식품들을 어딘가에 보관해 놓지만 딱히 매번 꺼내 쓰지 않아도 사는 데 지장이 없다는 것을 알게 된다. 한 번씩 모양 빠지면 안 되는 경우에 잠시 꺼내 써도 무방하다. 그때서야 타인이 누리는 가짜 풍족이 눈에 들어오기 시작한다. 알맹이가 빠진 풍족과 뼛속까지 시린 공허가 측은지심을 불러일으킨다. 그렇게 시간이 지나 돌아보면 풍족과 결핍은 일시적 상태일 뿐 모든 문제의 근원도 해결책도 아니라는 것을 알게 된다. 그래서 결핍이 주는 여러 가지 감정에 속아 자신의 가치마저도 하찮게 여겨서는 안 된다. 결핍이 있다고 해서 내 실존적 가치가 달라지지 않는 것을 늘 의식하고 있어야 한다.

2 사랑

모성애

진정한 사랑은 인격을 높이고,
심정을 견실케 하고, 또 삶을 정화한다.
- 헨리 프레드릭 아미엘

갑자기
엄마가 되었어요

미국의 자녀가 있는 가정에서는 부부가 오붓한 주말 데이트를 즐기기 위해 주로 금요일이나 토요일 저녁 보모 아르바이트생을 구한다. 우연한 기회로 옆 마을에 사는 개비라는 갓난 여자아기를 돌보게 되었다.

부부는 저녁식사와 함께 와인 한 잔을 즐기고 영화를 본 후 집으로 돌아왔다. 부부가 집으로 돌아올 때까지 아이를 돌보고 먹이고 씻기고 재우는 임무가 주어졌다. 부부는 매번 자정이 되어서야 돌아왔고 나는 돈을 받는 시간만큼 개비의 엄마가 되어주어야 했다.

개비는 갓난아기인데 신기하게도 낯가림이 전혀 없었

다. 첫날부터 거침없이 내게 안겼고 침이 흥건한 두 손으로 내 머리와 얼굴을 사정없이 더듬었다. 한 생명체가 내게 안겨 전적으로 의존했다. 그것은 경이로운 일이었다. 한번도 아이를 낳아 키워본 적이 없기에 기저귀를 갈아주는 것과 젖병을 물리는 것이 영 낯설었다. 손 매무새가 야무지지 못해 어설프게 기저귀를 채웠다. 젖병을 물고도 잠이 들지 않아 속수무책이었다.

하지만 눈이 마주칠 때마다 엉금엉금 기어 와서 내 품에 안기면 개비의 체온에 내 마음이 녹아내렸다. 날 보고 환하게 웃을 때면 내가 낳은 아이도 아닌데 세상을 다 가진 기분이었다. 장난감을 쥐여주며 노래를 불러주고 유아용 텐트를 들락날락하며 숨바꼭질을 했다. 개비는 침이 흥건한 손으로 내 가방을 뒤지는 것을 가장 좋아했다. 늘 내 핸드폰과 소지품을 바닥에 쏟아놓고는 하나하나 만지작거렸다. 다시 주워 담아 가방을 숨기는 사이 개비의 머리가 탁자 모서리에 받혀 목청이 터져라 울었다. 얼마나 아팠을까, 하면서 내 마음도 따라 울었다. 집에는 쥐가 있어서 늘 바닥엔 자그마한 쥐똥들이 여기저기 흩트려져 있었다. 콩알보다 작은 크기라서 미처 청소기로 흡입되지 못한 쥐똥들이 곳곳에 숨어있었다. 바닥을 기어 다니던 개비는 쥐 똥을 발견할 때마다 입에 넣으려 했고 나는 한시도 개비에게서 눈을 뗄 수 없었다.

그렇게 나는 주말마다 누군가의 엄마가 되어주었다. 한시도 가만히 있지 않는 아이를 돌보는 것은 결코 쉬운 일이 아니었다. 그렇게 나는 육아라는 엄청난 일을 매주 기쁨으로 하기 시작했다. 그 후로는 수업 중에도 개비의 얼굴이 눈앞에 아른거렸다. 지금쯤 낮잠을 자고 있으려나, 하며 괜히 시계를 보곤 했다. 부부가 데이트를 하지 않는 주말에는 일이 없었다. 돈을 못 버는 것보다 개비를 못 본다는 사실에 더 서운했다. 못 보는 동안 혹여나 나를 기억하고 그리워할까 궁금하기도 했다.

그 사랑
내가 줄게

그 후 오랜만에 개비를 만난 주말이었다. 개비는 나를 보자마자 소리를 내어 웃으며 손뼉을 치며 격하게 환영을 했다. 아빠가 기저귀를 갈고 있었는데 끝나기도 전에 내게 오려고 몸을 움직이는 바람에 애를 먹었다. 여느 때처럼 개비와 즐겁게 노는 사이 해가 지기도 전에 부부가 집으로 돌아왔다. 개비를 맡기고 나간 지 두 시간이 채 안 되어서 귀가했다. 그날따라 왠지 모르는 싸한 분위기가 느껴졌고 오늘은 그만 일찍 가보라며 손에 지폐 몇 장을 쥐여줬다. 무슨 일이 있었냐고 묻고 싶었지만 사생활에 대해 캐묻지 않는 것이 아메리칸 스타일이기에 입을 꾹 다물었다. 개비는 내게서 떨어지려 하지 않았고 아빠가 개비를 들어 안으며 눈길을 돌린 후에야 간신히 빠져나올 수 있었다.

그리고 며칠 후 급하게 개비를 봐달라며 평일 낮 시간에 긴급히 요청을 받았다. 엄마가 개비를 차에 태운 채로 음주운전을 하던 중 큰 가로수를 들이받았다는 소식과 함께. 가슴이 철렁했다. 다행히 아무도 다치지 않았다. 하지만 엄마는 바로 경찰에 연행되었다.

아무것도 모르는 채 개비는 내게 안겼다. 지난주에 느꼈던 싸한 분위기가 떠올라 만감이 교차했다. 개비는 아무것도 모르고 해맑게 웃고 있었다. 당시 나는 학교 기숙사에 살고 있었지만 다행히도 개인실을 쓰고 있어서 개비를 데리고 있을 수 있었다. 장난감이 가득한 가방을 메고 유모차에 개비를 태워 이곳저곳을 돌아다녔다. 해가 지기 전까지

학교 놀이터에서 놀아주며 적당한 때에 벤치에 앉아 젖병을 물리고 기저귀를 갈아주었다.

개비의 아빠는 퇴근 후에야 개비를 데리러 왔다. 여느 때와는 달리 그의 눈에 권태와 불안이 보였다. 그 후로는 내게 비용을 지불할 때마다 마지 못해 주는 식으로 흥정을 하려고도 했다. 내가 보았던 권태와 불안은 시간이 지날수록 점점 분노로 치닫고 있었다. 그 후로도 동일한 맥락의 음주운전 사고가 있었다.

유난히 추웠던 어느 겨울날 개비를 데리고 기숙사로 들어갔다. 혹시나 옆방에 피해를 줄까 봐 기숙사 라운지로 데려가 장난감을 쥐여주었다. 오랜 시간 청소를 하지 않아 먼지투성인 공간에서 육아가 시작되었다. 환경은 점점 열악해져 갔다. 개비로 하여금 부모의 무조건적인 사랑을 받지 못하게 하는 상황이 원망스러웠다. 이제 말을 배우기 시작한 개비는 장난감을 건네는 내게 '때튜(Thank you)'라고 했다. 누군가의 사랑이 절실히 필요한 개비는 늘 시키지 않아도 먼저 안기며 입을 맞추고 연신 'Thank you'라고 했다. 무조건적인 사랑과 보호를 받아야 할 시기에 사랑에 목말라 있는 모습을 보니 마음이 무너져 내렸다. 그 후 개비의 엄마를 만나 자세한 이야기를 들었다.

운동을 즐겨하던 개비의 엄마 아빠는 헬스장에서 우연히 만나 연인관계로 발전했다. 그러던 중 예기치 못한 임신 소식과 함께 결혼식을 올렸다. 개비의 아빠에게는 세 번째 결혼이었다. 이혼한 두 명의 전처와 전처에게서 난 딸들을 동시에 부양하고 있다고 했다. 그러다 보니 늘 재정이 넉넉하지 못했다. 약자를 철저하게 보호하는 선진국에서는 자녀가 있는 경우 이혼 후 양육비 부담자의 급여 일부가 통장에서 바로 빠져나간다. 그 이유로 남편은 늘 조그만 소비에도 개비 엄마를 의심하고 닦달했다. 기본적인 생활비도 주지 않아 일을 하려 했지만 어린 개비가 마음에 밟혔다. 이런저런 문제로 얽히다 보니 부부관계가 원만하지 못했다. 개비 엄마는 그날의 버려야 할 감정들을 씻어내지 못하고 끝내 술에 의존하기 시작했다. 음주운전 사고 후에도 술을 끊지 못해 알코올 중독 재활 수업을 의무적으로 받아야 했다. 그동안은 내가 개비 집으로 가는 대신 기숙사에서 개비를 돌봤다. 수업이 있을 때는 개비를 데리고 갈 수가 없어서 다른 사람이 대신 돌봐줬다. 그때그때 낯선 환경과 낯선 사람에 적응하는 개비를 보며 마음이 아팠다.

행복하지,

우리

그래도 오히려 현실의 심각성을 모르는 어린아이인 것이 천만다행이라 생각했다. 그리고 함께하는 시간만큼은 행복하게 보냈다. 개비가 웃는 모습, 내게 안긴 모습, 이제 막 걸음마를 하려 하는 모습을 사진과 영상으로 남겨놓았다. 그렇게 개비는 내 삶에 기쁨과 활력을 주었다. 개비는 비눗방울을 유난히 좋아했다. 늘 내 가방에는 개비를 위한 비눗방울과 온갖 장난감이 들어있었다. 쇼핑을 하고 장을 봐도 개비의 필요에 초점을 맞추게 되었다. 언제부턴가 개비는 나를 'Mom(엄마)'이라 부르기 시작했다. 온 마음을 다해 사랑을 쏟아부은 생명체가 나에게 엄마라고 불렀다. 그 순간 밀려왔던 묘한 감동은 아직도 말로 표현할 수 없다. 눈물이 핑 돌았다. 기분이 좋은 날은 Mom이라고 부르며 조그만 두 손으로 내 얼굴을 힘껏 당겨서는 볼에 입을 맞췄다. 말로 할 수 없는 감동과 동시에 뜨거운 눈물이 두 뺨을 타고 흘렀다. 할 수만 있다면 평생 개비를 옆에 두고 싶었다. 너무나도 사랑스러운 아이에게 주어진 위태로운 환경이 가혹하기만 했다.

우리가 함께할 시간이 그리 많이 남지 않은 것을 알게 됐다. 개비가 더 큰 후에도 나와 함께한 시간을 기억하며 해맑을 수 있기를 기도했다. 함께한 시간만큼은 개비에게 전심으로 사랑을 쏟아부었음을 부디 기억해주기를 기도했다. 개비 엄마가 재활 수업을 마치고 집으로 데려갈 때는 울며 나와 떨어지지 않으려 했다. 알코올 중독이 가중되는 동안 아이에게 마땅히 주어야 할 모성애를 주지 못했기에 내가 엄마의 자리를 대신하고 있었던 것이다. 매번 서운하기만 한 엄마는 "넌 나보다 네 보모를 더 좋아하지. 난 이미 알고 있어. 네게 넘치는 애정을 주는 사람이잖아."라고 말하며 듣는 사람으로 하여금 괜히 미안하게 만들었다. 알코올 중독 재활 수업을 끝났을 때쯤 부부는 안타깝게도 합의 이혼을 했다. 엄마가 개비를 키우고 아빠가 양육비를 준다는 판결을 받았고 모녀는 다른 주로 이사를 갔다.

항상

기억해

모든 것이 갑작스럽게 진행되어서 작별 인사도 제대로 하지 못했다. 내 방 조그만 창문 밖으로 보이는 개비네 동네를 바라보며 하염없이 울었나. 짧은 꿈 같던 개비와의 시간은 그렇게 흘러가 버렸다. 가슴이 아팠다. 간신이 주소를 전달받아 개비와 함께했던 사진들과 손편지를 함께 보냈다. 귀걸이도 만들어 개비 엄마를 위한 선물로 보냈다. 몇 년이 지난 지금도 개비와의 추억을 떠올리며 입가에 미소를 짓는다. 누군가를 온 마음을 다해 돌본 경험은 나를 한층 성숙하게 했다. 물질과는 다르게 시간은 시간으로 남아 있지 않는다. 개비와 함께한 시간은 진정한 사랑과 행복감으로 내 안에 남아있다. 받는 것이 아닌 주는 것이 진정한 행복이라는 추상적인 가르침이 개비와의 시간을 통해 실체가 되었다. 나를 전인적으로 가득 채웠다. 누군가에게 무한한 사랑을 준 기억이 아직도 나를 기쁘고 설레게 한다.

사랑의 결단

사랑이 있는 고생이 행복이었네.
그것을 깨닫는데 90년이 걸렸네.
- 김형석《백 년을 살아 보니》

지원군이
아닌 아군

사회 통념상 결혼 적령기에 접어든 내게 한 번씩 툭툭 던져지는 한 마디가 있다. 그중에서도 유독 최근에 들었던 지인의 한마디가 기억난다. "어머나, 명현 씨 나이가 벌써 서른다섯이라고요? 그렇게 안 보이는데. 옛말에 여자 팔자 두레박 팔자라고 하잖아요. 내가 무슨 말 하는지 잘 알죠? 진짜 남자 잘 골라야 해요.' 지인은 심각한 표정으로 말했다. 두레박 팔자가 무슨 뜻인지 몰라 한참을 의아해했던 것이 불현듯 생각났다. 그날 밤 자기 전에 인터넷으로 검색을 했다. 여자 팔자는 남편의 수준에 따라 달라지니 곧 남편을 잘 만나야 행복하게 살 수 있다는 뜻이었다. 상대의 상태에 따라 수동적으로 인생이 바뀐다면 남편 또한 아내를 잘 만나야 하지 않을까. 배우자에 의해 인생의 행과 불행이 좌우된다면 나라는 사람으로 인해 상대방의 여생 또한 불행해질 수도 있으니 말이다.

두레박 팔자는 주로 자본주의 개념에 기반해서 해석된다. 특히 여자들 위주로 모이는 자리에서 공통된 이야기 주제는 연애, 성형, 결혼 작전과 화려한 솔로 작전의 성공, 실패의 실제 사례이다. 미혼에게도 기혼에게도 유토피아란 없다.

영어 단어 유토피아Utopia는 'Ou(없다)', 'Topos(장소)'라는 그리스어에서 유래된 것이다. 문자 그대로 그 어디에도 없는 곳이다. 미혼인 친구들은 가족에게 처리 못한 짐짝 취급을 받는다. 신혼인 친구들은 결혼한 지가 언젠데 손주는 안 만드냐고 핀잔을 듣는다. 자녀가 있는 친구들은 침을 튀기며 결혼을 뜯어말린다. 아들 하나를 더 키우고 있다 는 식상한 표현은 매번 등장한다. 내 무덤을 팠으니 그러려니 하고 사는 친구의 결혼생활은 고행이나 다름없다. 이렇게 결혼이란 기혼자들에게는 뼈저린 현실이지만 미혼자들에게는 아직 로망의 영역으로 남아있기도 하다. 미래의 배우자상을 공유하는 것은 희망 사항인 동시에 개인의 가치관과 인생철학을 적나라하게 보여준다. 기다렸다는 듯 자신만의 기준들을 늘어놓는 이들의 이야기를 듣다 보면 역시나 경제력이 차지하는 비중이 가장 높다.

하지만 실제로 팔자 고칠 자격 요건을 갖춘 상대를 골라 백년가약을 맺더니 얼마 가지 않아 종지부를 찍는 모습을 적지 않게 목격했다. 유별스럽게 여럿을 놓고 재고 따져서 고르더니 누구보다 성대한 결혼식을 치르고는 곧바로 이혼으로 직행했던 것이다. 적지 않게 놀란 나는 많은 생각을 했다. 경제력에 올인하다가 내면의 가치를 소홀히 여긴 선택은 주로 행복보다 불행을 몰고 왔다. 그리고 관계가 깨어지는 과정에서 사람이 생각보다 많이 망가졌다. 그때부터 맹목적인 이상주의식 결혼관을 기피하기 시작했다. 좀 더 현실적인 배우자상을 그리면서 말이다. 나와 결혼할 사람은 동화 속 백마 탄 왕자님보다는 앞으로 나와 싸울 사람이기도 하니까. 동시에 인생의 풍파를 함께 헤쳐나갈 사람이니까. 생각해보니 나 또한 나의 필요를 일방적으로 채워줄 알라딘 램프 속 요정을 내심 기대하고 있었다. 나와 싸울지언정 풍파를 함께 헤쳐나갈 초현실적인 인재상에 대해서 생가해본 적이 없었다. 한쪽의 풍요로움만으로 채우는 여백은 끝내 온전히 채워지지 않는다. 함께 채워가는 여백만이 의미 있게 채워진다. 비혼, 황혼 이혼과 졸혼이라는 개념이 이미 우리 사회에 만연해 있는 이때에 영화나 소설 속에 나오는 애틋한 부부애가 마음에 깊은 여운을 남긴다.

처음에야 들끓는 사랑으로 시작하겠지만, 중년으로 접어들수록 의리가 밥 먹여주는 끈끈한 전우애로 산다고 한다. 전쟁 같은 삶 속에 세상을 맞설 무기는 진정한 사랑과 의리가 주는 안정감이 아닐까. 철딱서니 없는 행동을 해서 이건 아니다 싶어도 뚝심으로 묵묵하게 수용하는 사람이면 좋겠다. 위기 앞에 줄행랑치는 사람보다는 내 편을 위해서라면 못 할 것이 없는 아군이면 좋겠다. 여자로서 신데렐라의 해피 엔딩도 좋지만 나도 미래의 배우자에게 든든한 아군이 되어주고 싶다.

얼마 전 TV에서 노부부의 대화를 보았다. 비록 몰래 카메라였지만 진행자들의 눈시울을 붉힌 감동의 영상이었다. 외출 중 커피를 마시러 카페에 간 백발의 노부부는 주문을 한 뒤 자리에 앉았다. 하지만 자리에 앉은 후 얼마 지나지 않아 아내는 다시 남편에게 주문을 해야 한다고 했다. 남편은 멋쩍은 웃음을 지으며 한참을 의아해했다. 종업원은 노부부를 위해 커피를 직접 테이블로 갖고 왔다. 친절한 종업원은 무료로 차를 마실 수 있는 응모권 두 장을 나눠줬고 남편은 이름과 전화번호를 적기 시작했다. 하지만 아내는 밍기적거리기만 하다가 펜을 들었다 놓더니 끝내 적지 못했다. 잠시 아내가 화장실을 간 사이 전화벨이 울렸다. 화면을 보니 발신자는 다름 아닌 치매 클리닉….

남편은 애써 초연하려 했다. 혹시나 하는 마음에 전화를 받은 남편은 아내의 치매 진료 사실을 알게 되었다. 남편은 어두운 표정으로 고개를 떨굴 뿐이었다. 자리로 돌아온 아내는 의미심장한 표정으로 입을 열었다.

"여보. 나 병원에서 치매 초기 증상이 있다고 하네…."

남편은 애써 웃기만 했다.

"그 얘기하려고 차 한 잔 하자 한 거야?"

남편은 농담처럼 웃으며 대답했다.

"여보. 나 지금은 괜찮지만 증상이 악화되면 당신이 많이 힘들어질 거야. 그렇게 되면 나 그냥 요양원으로 들어갈게."

남편은 웃음기가 가신 얼굴로 "아직도 청춘인데 요양원

이라니….”라고 했다. 아내는 계속 말을 이었다.

“여보, 나 일흔넷이면 청춘이 아니지. 내가 얼마나 심각하면 치매 클리닉에 갔다 왔겠어.”

아내의 말이 끝나기가 무섭게 남편은 “심각해 하지 마. 내가 있어! 내가 있으니까 걱정하지 마! 치매 걸려도 당신 혼자 안 놔둬!”라며 못을 박았다. 아내는 애써 놀란 기색을 감췄다.

“내가 하는 일들을 접고 당신을 돌볼 테니까…. 내가 있으니 걱정하지 마. 만약 당신이 사람을 몰라보는 지경이 되면 내가 당신을 가만히 놔두겠어? 내가 당신 업고 다닐게.”

아내는 눈물이 핑 도는 듯 차마 말을 잇지 못했다.

“당신이 밥도 다 할 거야?”

아내가 물었다. “그럼, 다 해야지!” 하면서 남편은 다시 한번 위기 앞에 변치 않는 사랑을 확증했다. 44년을 함께 험한 세상을 헤쳐 나온 노부부의 사랑이 전파를 타고 전국의 시청자들을 울먹이게 했다. 평생 잊을 수 없는 사랑의 결단이다.

사람 고쳐 써도 되나요

파커 파머는《삶이 내게 말을 걸어올 때》라는 책에서 "가장 어려운 일은 남의 고통을 고치겠다고 덤벼들지 않는 일, 그냥 그 사람의 신비와 고통의 가장자리에 공손하게 가만히 서 있는 일이다."라고 했다. 가까운 사람일수록 남에게 하듯 관용을 베풀고 한발 거리를 두고 지켜보는 초연한 태도가 필요하다. 하지만 현실에서는 참 어렵다. 나와 가까운 사람일수록 더 큰 사명감을 가지고 고치려 덤벼드니 말이다. 사람에 대한 기대치와 실망감은 늘 비례하기에 초연할 수가 없다. 그럴수록 나에게 더 집중해야 한다. 오히려 내가 상대에게 충분한 시간을 줬는지, 말투와 목소리 톤을 조절 못 해 괜히 자존심을 건드린 건 아닌지, 그리고 칭찬이나 격려 한마디 없이 지적질만 해댄 건 아닌지 상대의 눈에 비친 자신의 모습을 돌아보는 것이 중요하다.

오랜만에 만난 친구는 남편 때문에 속앓이를 하고 있다고 털어놓았다. 누구보다 사랑꾼으로 명성을 떨치던 친구 커플은 주변인들의 부러움 속에 일찍 결혼을 했다. 하지만 달콤한 신혼은 잠시였고 언제부턴가 친구는 결혼생활을 이야기할 때마나 표정이 어두웠다. 연애 때는 감춰져 있던 남자의 원래 성격과 전혀 다른 생활 방식이 언제부턴가 매번 대화의 주제로 등장했다. 친구 부부는 서로 날이 서고 예민해지더니 하루가 멀다 하고 큰 싸움을 치렀다. 친구에 의하면 모든 문제는 남편에게서 비롯된 것이었고, 결혼생활을 유지하려면 남편이 먼저 개과천선해야 할 것을 늘 강조했다. 대화 속에서 남편을 은근히 잠재적 죄인 취급하는 친구의 심리를 읽을 수 있었다. 자신의 과오를 포함해서 돌이켜보는 객관성은 없고 모든 잘못을 남편에게 귀속하여 이야기했다.

평생을 다른 환경에서 살아온 두 남녀가 어떻게 순탄하게만 살 수 있겠냐며 위로했다. 부부간의 불화는 서로 다른 두 인격체가 하나로 거듭나는 여정일 뿐 종착지가 아니니 말이다. 감정이 이끄는 극단적인 선택보다는 서로 대화하며 조율해 가는 것이 어떻겠냐고 했더니 친구는 "살아보니까 사람 고쳐 쓰는 거 아니더라!"며 단호하게 말했다.

사람이 갑자기 바뀌면 죽을 때가 됐다고 농담조로 이야기할 만큼 사람의 변화는 기적에 가깝다. 대부분의 사람들은 자신의 경험치 안에서 답습을 이어 나간다. 많은 경우

축적된 답습이 곧 그 사람의 전체적인 이미지를 좌우한다. 그리고 사람은 웬만해서 쉽게 변하지 않는다. 그런 의미에서 친구는 남편이 바뀌길 간절히 바라는 마음을 차라리 포기하는 것이 좋겠다고 타협했던 것이다. 나와 맞지 않는 상대의 행동은 이미 그 사람에게 굳어진 관성일 뿐만 아니라 그 사람 자체인 것으로 결론지었다. 사람은 고쳐 쓰는 것이라는 나름의 철학을 확신하면서 말이다. 그렇게 친구는 늘 실망스러운 자신의 감정에만 충실했다.

아무리 사람은 고쳐 쓰는 게 아니라고 해도 나와 맞지 않다고 해서 헌신짝 버리듯 갖다 버리라는 뜻도 아닐 텐데…. 어떤 것이든 온전히 나에게 맞춰지면 편한 것은 사실이다. 내 몸에 꼭 맞는 맞춤 옷과 내 동선을 고려한 맞춤형 가구가 편하긴 하지만 사람의 문제는 다르다. 내 필요에 맞게 상대를 길들이려 하기보다 각자 타고난 성향과 역량의 고유함을 인정해주는 것이 먼저다. 만약 피해를 끼치는 치명적인 결점이 있다면 외부의 도움을 요청할 수 있다.

"사람은 고쳐 쓰는 것이 아니라, 골라 쓰는 것이야."라는 드라마 명대사가 있다. 하지만 고르고 고른 사람도 일정 기간이 지나면 버려야 하는지 고쳐 써야 하는지 의문을 품게 되는 때가 온다. 사람이란 원래 불완전한 존재이기에. 단순히 나와 다른 것과 틀린 것을 구분 짓지 못하고 나에게 최적화한 누군가가 되어주길 강요하는 것은 지나친 이기심에 불과하지 않을까. 상대에 대한 존중 없이 자기중심적 야망을 관계에서도 마구 휘두르는 격이다. 상대를 지극히 주관적인 견해로 판단하고 일방적으로 나와 동일할 것을 강요하는 것은 오만함과 철저한 이기심이다.

영어 단어 파트너Partner는 앵글로 프랑스어 Parcener에서 유래된 단어이며 원래 의미는 '공동 상속자'다. 단순한 파트너 개념이 아닌 평생 서약으로 맺어진 운명 공동체다. 같은 곳을 향해 동행하는 미래를 상속한 관계다. 나만의 억지 해석일 수도 있겠지만 배우자의 모자란 파트Part를 상호 보완하는 파트너Partner다. 어쩌면 사람은 어떤 관계 속에서도 고쳐 쓰는 게 아니라 보태어 쓰는 것일 수도 있겠다.

사랑은

결단이다

과거 몇 번의 연애 경험이 있지만 그리 쉽지만은 않았다. 진심이면 다 통할 줄 알았는데 딱히 그런 것도 아니었다. 평균 연애 기간도 그리 길지 않은 데다 주로 싸운 기억이 많다. 말하기 남사스러울 만큼 유치한 이유로 진이 빠지도록 싸웠고, 괜한 자존심만 내세우다가 후회만 남은 적이 다반사였다. 뭘 해도 용서가 되는 연애 초기가 지나면 단점들이 하나둘씩 눈에 들어왔다.

혼자 있으면 외롭다가도 둘이 있으면 괴로워지기 시작했다. 나의 단점도 만만치 않다는 것을 알면서도 상대의 단점에 대한 참을 수 없는 실망감에 일방적으로 이별 통보를 했다. 사이가 좋을 때는 남자친구의 한마디에 천국과 지옥을 오갔다. 사랑은 대등한 관계를 요구한다. 사랑은 한쪽이 상대를 굴복시키거나 우위에 서려 하지 않는다. 하지만 나는 주변 사람들이 상대가 나를 더 좋아하고 내가 상대를 덜 좋아한다고 봐주길 은근히 바랐다. 어쩌다 애정 표현을 내가 더 많이 하면 내가 아쉬운 형편으로 보일까 봐 괜히 조심하기 시작했다. 사랑은 자존심 대결로 우열을 가리는 것이 아닌데 말이다.

꼭 필요한 자존감은 온데간데없고 쓸데없는 자존심이 너무 셌다. 엄청난 옹고집 때문에 자주 불렸던 애칭은 답정너, 국방위원장님 혹은 장군님이었다. 나도 여자인데… 적어도 꽃사슴이라 불릴 만한 애교 필살기라도 있어야 하는데 말이다. 영 낯간지러워서 이 부분은 아직도 숙제로 남아 있다. 부모 형제 없이 외로움을 친구 삼아 살아온 나는 연애를 하면 절대 외롭지 않을 것이라 굳게 믿고 있었다. 그래서 남자친구가 나에게 행복을 안겨줄 완벽한 존재라고 자주 착각을 했다. 아버지의 빈 자리를 메워주길 내심 기대하면서 말이다. 사람인지라 서툴기 마련인데 미흡한 점을 곧바로 보완하려 들었다. 언젠가 듬직한 가장이 되어줄 것이라는 암묵적인 메시지를 느끼고 싶어서 말이다.

하지만 왠지 모르는 외로움은 연애 중에도 항상 따라다녔다. 둘이 있을 때 외로움은 혼자만의 외로움과는 사뭇 달랐다. 가슴에 찬바람이 불었다. 혼자 있을 때의 외로움은 어떻게든 즐거움으로 바꿔볼 수 있었다. 하지만 둘이 있을 때 외로움을 해결하려면 많은 제약이 따랐다. 의도치 않게 오해를 불러일으키는가 하면 큰 싸움으로 번지기도 했으니 말이다. 여러모로 건강하지 않은 연애와 무미건조한 솔로 생활 중에 무엇을 택할지 몰라 늘 고민했다.

매번 해피 엔딩을 비껴나가는 나의 연애 패턴이 영 불안했다. 괜히 남이 알면 이상한 여자로 낙인찍힐 것 같아 쉬

취하고 살았다. 하지만 뚜껑을 열어보니 내 생각과는 정반대였다. 성인 군자의 반열에 오를 법한 주위 사람이 겪은 실제 연애 경험담도 거의 비슷한 수위였기 때문이다. 결론은 나만 유독 모자라거나 유별나서 겪을 수밖에 없었던 복불복 연애가 아닌, 누구나가 겪는 일상 다반사였다. 마음에 큰 위안이 됐다. 사람들은 괜히 '화성에서 온 남자와 금성에서 온 여자'라고 비유하는 게 아니라며 용기를 가지라고 했다.

프랑스 영화 〈단지 세상의 끝〉의 명대사를 기억한다. "이해하지 못해도 사랑해…." 그렇다. 사랑은 결단이다. 논리와 이해가 설 자리가 없는 곳에서도 묵묵하게 서 있는 것. 물건이 마음에 안 들어 반품하듯 상대를 내팽개치지 않는 것. 미움과 연민을 수도 없이 오가면서도 애틋함의 자리로 돌아오는 것. 상처가 앙심이 되어 응징을 하다가도 마음을 고쳐먹는 것. 그것이야말로 진정한 사랑이다. 오랫동안 결혼생활을 유지한 건강한 장수 커플들에겐 공통된 특징이 있다. 그들에게 사랑이란 가슴 뛰는 설렘에 국한되지 않는다. 사랑을 철저히 감정에만 의존하지 않기 때문이다. 상대를 향한 끓어오르는 사랑을 매일같이 거창하게 증명하기보다 현실 문제들 속에서 매너를 발휘한다. 신경과 호르몬 작용이 사랑의 본질을 앞서는 순간부터 사랑은 위험해진다. 시간이 지날수록 설레는 감정이 깊어지기보다 사랑하기로 마음먹는 결심이 더 확고해지는 것이다. 그리고 결속과 화합이라는 보이지 않는 두 개의 끈을 서로의 양손으로 붙들고 있다. 말로는 사랑한다 하면서도 결속과 화합의 의지가 없다면 입술로만 사랑을 운운할 뿐이지 진짜 사랑하는 것이 아니다. 어쩌면 진정한 사랑은 철저하게 계산된 모험인지도 모른다. 둘 사이에 묘한 팀워크가 느껴지니 말이다. 그들에게 사랑이란 이상과 현실이 맞닿는 접촉점과 통로인지도 모를 일이다.

가족 간에도 마찬가지다. 살다 보면 가족 구성원만큼 이기적인 존재가 없다. 가족이란 혈연 관계에 기초해서 태어나 처음으로 마주하는 리얼한 사회다. 혈연 이라는 명목 하에 남들은 상상도 못 하는 서로의 밑바닥을 서슴없이 보이는 곳이 바로 가정이다. 이기심, 배신, 탐욕 등 부정적인 삶의 요소들을 반복해서 경험하게 되는 1차 집단이다. 동시에 무조건적인 사랑이 요구되는 특수 집단이다. 3자에게 호평을 받으려면 어느 정도 작정하고 선심을 쓰면 된다.

하지만 살을 맞대고 사는 배우자와 가족에게는 인정받기가 어렵다. 실제로 내가 공을 들여야 할 사람은 먼 곳에 있지 않다. 나의 가족과 매일 혹은 매주 만나는 나의 최측근들이다. 하지만 주로 이들이 상당한 양의 에너지를 앗아간다. 일상의 만성 피로를 유발시키는 장본인들이다. 사사롭지만 성가신 것들이 미완성 인격에서 나온 단순한 실수라는 걸 알면서도 쉽게 용납되지 않는다.

그럴 땐 인간의 한계를 알고 측은지심을 발휘하는 수밖에 없다. 나를 성숙시키기 위해 하늘이 보내주신 사람들이라고 생각하면 된다. 억지스러운 화해의 제스처나 부담스러운 친절도 필요 없다. 상대를 밀어내지 않고 그 자리에 있는 것만으로도 상대를 포용하는 것이다. 이런 노력이 오히려 소리 없이 상대에게 전달된다. 이렇게 인간사의 문제는 다양하지만 그에 대한 답은 일관된다. 그럼에도 불구하고 그 자리에 있겠다고 좀 더 나아가서는 용서하겠다고, 그리고 사랑하겠다고 이해보다는 결단하는 것이다.

이타심

지혜로운 사람은
남의 이익에 헌신한다.
- 산티데바라

마음을
움직이는 거인

이솝이 말했다. 불행한 사람들은 자기보다 더욱 불행한 사람들을 보고 위안을 받는다고. 하지만 그런 값싼 위안은 오래가지 않는다. 자신보다 덜 불행한 사람들이 세상에 훨씬 더 많기 때문이다.

오래전 하버드 대학교 학생들의 캠퍼스 생활을 다룬 다큐멘터리에서 놀라운 장면을 봤다. 학생들이 떼거지로 침낭을 가지고 와서 알람을 맞춰놓고 행정 사무실 복도에 다 같이 취침을 했다. 다음 날 아침부터 리더의 호루라기 소리와 구호에 맞춰 아주 부담스럽게 급여 담당 직원 뒤를 우루루 쫓아다녔다. "당장 청소부들에게 알맞는 대우를 해주어라!", "창피한 줄 알라, 하버드여!"라고 목이 터져라 외쳤다. 학생들은 이웃의 형편과 처지에 관계없이 그들이 당하는 부당한 현실에 직접적으로 개입했다. 당장 청소부의 시급이 올라갔다고 해서 당시 그들의 삶과 무슨 직접적인 관계가 있을까. 냉정하게 보면 단 1달러의 유익도 볼 수 없는, 자신과 상관없는 일이었다. 그런데 그것이 바로 주인의식을 가진 자의 눈높이다. 그 주인 의식 뒤에는 남을 긍휼히 여기는 이타심이 작용하고 있다.

미국에서 도매상 아르바이트를 할 때 장사가 너무 안 돼서 문을 닫아야 할 상황이었다. 이유인즉슨 아마존이라는 온라인 쇼핑몰 괴물이 소상공인들의 생계를 위협했기 때문이다. 할 수 없이 전 품목 대폭 할인 행사에 들어갔다. 그러자 손님들이 와서 묻기 시작했다.

특정 손님들 왈, "이 할인된 가격에서 더 내려 가려면 얼마나 기다려야 해요?"

VS.

다른 손님들 왈, "오너가 이곳에서 오랫동안 열심히 운영한 것으로 기억해요. 많이 힘들었나 봐요. 안타깝네요. 다른 용도로 공간을 활용해도 좋겠어요. 그나저나 힐러리(내 영어 이름) 씨는 직업을 잃게 되는 건가요? 다른 곳에 일자리를 좀 알아봤어요?"

두 번째 반응은 오지랖이 아닌 이타성의 개체와 주인 의식을 가진 자들의 일상이었다. 순간 나도 모르는 묘한 권위를 느꼈다. 갑질에 등 떠밀려 주는 권위가 아닌 능동적이고 자발적인 권위를 나도 모르게 주고 있었다. 당신은 아름다운 사람이라는 칭찬과 함께 말이다.

마음속에 끓어오르는 존경심을 느꼈다. 'honor'는 '존중하다'라는 뜻의 영어 단어다. 하지만 'respect'는 '존경하다'라는 뜻이다. 이 단어의 엄밀한 뜻은 막연한 존경심이 아닌 're다시', 'spect보다'라는 뜻이다. 누군가를 '존중'해줄 수는 있으나 '존경'은 다르다. 상대가 감동을 주었기에 다시 보게 되는 것이다. '존경'이란 존중과는 달리 전적으로 상대에게 달렸다. 나는 비록 언제 일자리를 잃을지 모르는 외국인 노동자였지만 마음만은 그들처럼 살겠다고 다짐했다. 가격이 언제 더 내려가냐고 추궁하던 부류는 주로 불법으로 이민 왔기에 정부의 감시를 피해 하루 일당으로 살던 사람들이었다. 하지만 이타성과 주인 의식을 가진 사람들은 자신이 속한 곳에서도 주인 의식을 발휘할 수밖에 없는 리더 층이었다. 감동과 동시에 머리를 한 대 세게 맞은 듯한 기분을 아직도 기억한다. 그날부터 연습하기 시작했다. 매번 앓는 소리 그만하고 이웃의 삶을 물어봐 주기. 타인을 더 세심하게 다뤄 주기.

가장 택도 없이 낮은 자리에서 선망하는 삶의 모습을 살아냄으로써 내 몸이 기억하도록 말이다. 그러고 보니 그날 내가 서 있던 그 자리가 시작이었다. 나는 어떤 사람으로 타인에게 기억되고 싶은지 묻고 최선의 나를 연습했다.

하지만 동시에 나는 서툴렀다. '난 무엇을 줄 수 있나' 보다 '무엇을 받을까'에 늘 관심이 많았으니까. 사실 이것은 누구에게나 어렵다. 늘 손익 분기를 고려해야 하는 자본주의 사회에서 밑도 끝도 없는 이타심은 왠지 손해를 보는 기분이다. 겪은 바 없는 하룻강아지의 대책 없는 순진함 같기도 하고. 타인을 이롭게 한다는 것은 쉬운 일이 아니다. 내 앞가림도 하기도 어려운데 말이다. 하지만 그 속에 내 앞가림의 답이 종종 등장한다. '사이 간間'을 품은 인간人間은 부부간, 형제간, 동료 간의 관계적 동물로 만들어지며, 그 필연적인 연대 속에 문제와 답이 공존한다.

매직 워드
(마법의 단어)

사소한 일에도 감사와 사과의 표현을 잘하는 나는 표현 과잉으로 특이한 사람 취급을 받는다. 상대는 주로 한국인의 무뚝뚝함을 자랑스럽게 생각하는 듯 대꾸도 하지 않는다. 그럴 때마다 나는 감정의 호구가 되는 느낌이다. 특히 서양인들은 사소한 것에도 늘 감사과 사과의 표현을 한다.

영어권 국가에서는 '매직 워드magic word'라는 표현이 신성시 여겨질 정도다. 'Thank you(고마워요)', 'Sorry(미안해요)', 'Please(부탁해요)' 이 세 가지 표현을 '매직 워드'라고 한다. 갓 옹알이를 끝내고 말을 배우는 아기에게도 입에 붙을 때까지 무한 반복하여 가르친다. 바로 옆에 있는 물건을 건네줄 때나 문을 먼저 열어주고 들어가도록 배려하는 것에 "고마워."라고 한다. 지나가다가 모르고 부딪힐 뻔할 때는 미안하다고 한다. 상대방의 말을 잘못 알아들어서 다시 한번 물어볼 때도 미안하다고 말한다. 대답하는 사람도 오히려 본인의 설명이 명확하지 않았다며 사과한다. 초대한 손님이 새로운 분위기에 적응을 잘 못할 때도 자신의 역할이 부족했다며 사과한다. 상대를 먼저 배려하는 마음의 여유가 기본 정서로 설정되어 있어서 서로를 너그러운 태도로 대한다. 미안하다는 한마디에 서로가 인색하게 굴지 않으니 사소한 것에 잘잘못을 따지며 언성을 높이는 경우가 거의 없다. 서양인들에게는 감정의 표출보다 이성적 접근이 생활화되어 있다. 그렇기 때문에 감정을 필요 이상으로 드러내는 사람들은 이성적 사고의 훈련이 되어 있지 않아서 자아 통제력이 없는 사람으로 낙인찍힌다.

하지만 다른 문화권에서는 이야기가 다르다. 모르고 발을 밟아도 대부분 사과하지 않는다. 나로 인해 상대의 발이 밟혔다는 사실보다 내가 몰랐다는 것이 더 중요하기 때문이다. 지나가다가 부딪쳐도 사과하지 않는다. 상대와 부딪혀서 자신도 순간적으로 언짢았기 때문이다. 이해관계가 걸린 경우나, 갑과 을의 구도일 때는 낯간지러울 정도로 매직 워드의 매너를 발휘하지만 그 외에는 국물도 없다. 그래도 모든 변화는 나에서 시작해야 한다고 믿기에 나부터라도 세 가지 매직 워드를 철칙으로 지킨다.

그러다 보면 마땅히 사과를 받아야 하는 상황에서도 여자라는 이유로, 나이가 어리다거나 혹은 힘이 약하다는 이유로 진심 어린 사과 한마디 없이 상황을 넘겨야 하는 때가 있다. 사람들은 매직 워드를 왠지 상대에게 굴종하는 것 같은 연약함으로 여긴다. 마지막 남은 자존심을 지키기 위해 자신이 받은 호의와 자신의 실수에 대해 함구한다. 하지만 자존심을 지키려는 쓸데없는 승부욕은 인간관계의 치명적인 실수로 작용할 뿐이다. 의외로 사람들은 겸손과 배려가 강함의 상징이라는 것을 잘 모른다. "조금만 더 겸손했더라면 나는 완벽했을 것이다."라는 CNN 설립자 테드 터너의 말을 기억한다. 왜 이런 후회를 하는지 충분히 공감할 수 있다. 괜히 상대를 얕잡아보다가 큰코 다쳤을 때, 괜한 자만심에 최선을 다하지 않았을 때, 굳이 하지 않아도 될 말을 해서 일을 망쳤을 때 등 늘 겸손의 부재가 다 된 밥에 코를 빠뜨린다.

※ 이타심 사용법

억대의 기부 보다는 일상생활에서 충분히 할 이타적인 일곱 가지 행동들이 있다.

①내 말만 하지 말고 상대에게 질문하기.

②"너무 힘들어."라고 하면 "뭐가 그렇게 힘들어."다그치지 않기.

③"그래도 잘 버텼네." 하고 진정성 있는 추임새 넣어 주기.

④에너지에 구멍 난 사람 자존감 실어주기.

⑤베풀고 생색내지 않기.

⑥실질적인 고통의 무게는 당사자의 체감 영역이지 나의 판단 영역이 아닌 것을 확실히 알기.

⑦그 체감을 감히 조금이나마 느끼려고 해보기.

일상의
배려

한국으로 돌아와서 다시 적응하기 힘들었던 것 중에 하나는 차가 오는 동시에 길을 건널 때다. 길을 건너는 도로로 진입하는(turn을 하는) 차들은 절대 보행자와의 안전거리를 지켜주지 않는다. 목숨을 위협하는 속도로 달려와 손닿을 거리에 겨우 멈춰 선다. 그 후 어디 보행자 따위가 내 앞길을 방해하냐는 듯 다시 쏜살같이 속도를 낸다. 매번 길을 건널 때마다 차에 치이기 직전의 느낌은 썩 좋지 않다. 더 놀라운 건 내가 운전을 할 때 안전거리를 확보한 후 멈춰 서면 사람들은 왜 먼저 양보를 하는 건지 의아해한다. 먼저 가리고 손짓을 해도 오히려 차를 먼저 보내겠다며 내 손짓을 되받아친다. 그렇다. 이곳은 차 나고 사람 난 곳이다.

술자리에서도 마찬가지다. 술을 못 하는 나는 사람들과 맨정신에 친해지는 것을 선호한다. 하지만 상대에 따라 성향이 다르기에 한계가 있다. 차마 거절할 수 없는 술자리에 초대를 받으면 발걸음이 무겁다. 대개 술을 먹고 서로 흐트러지는 모습을 보이는 것이 돈독함을 상징하기도 하기에 난감할 때가 많다. 특히 술자리에서는 적당히 오만하며 자아 도취하는 사람이 분위기의 주도권을 잡는다. 저급한 언어를 특기 삼아 자신의 위트인 양 과시하며 술을 못 마시는 사람에게 눈치를 주며 분위기를 흐리는 종자 취급을 한다.

"약 먹고 있어요."라고 하면 "너만 약 먹냐, 나도 약 먹는다." "술 못 마셔요."라고 하면 "그럼 지금부터 마시면 돼."

일말의 배려도 없는 그의 한마디에 온몸의 세포가 거부 반응을 보인다.

이렇게 보편적인 상식선을 미덕으로 간주하지 않는 사람들이 술로 무자비하게 사람을 다룬다. 술을 강요하는 것이 주위의 호응을 얻지 못하면 종종 전략을 바꾼다. 저항력이 가장 약한 몇몇을 타겟 삼아 그들의 인생사와 외모에 대한 거침없는 폄하 발언으로 웃음을 자아내려 들기 시작한다. 한 사람의 인격을 짓밟아 분위기의 주도권을 확보하려는 비겁한 행동이다. 피해자들은 늘 만만하게 보여서 웃음거리의 소재가 되거나 놀림거리의 호구가 되는 순둥이다. 강한 멘탈로 '아무렴 어때. 그렇다고 내 실존적인 가치가 달라지는 것은 아니지.'라고 웃어넘기면 좋겠는데 그게 쉽지 않은 것 같다. 상처받은 순둥이들은 애써 웃어 넘기려 한다.

무례함으로 인한 불쾌감은 술 담배 못지않은 독소다. 그 독소는 너무나 강력해서 순간의 분노를 누른 후 평정심을 잃지 않는 훈련이 필요하다. 그러거나 말거나 나는 예민한 질문과 상처가 되는 말 대신 따뜻한 말을 주고받는다. 그 후로는 다시는 술자리에 초대되지 않는다. 그저 감사할 뿐이다. 이런 나를 초대해주지 않는 것이 오히려 배려다. 차후의 불이익 없이 말이다.

얼마 전 한 저자의 강연에서 용감하게 질문을 했다. 운동의 중요성을 많이 강조하는 운동 마니아 저자였다. "문화적 코드가 힐링, 자존감 등 내면에서 육체(운동)로 바뀔 것이라는 예측이 있어요. 저자님께서는 어떻게 생각하세요?"

했더니 버럭 소리를 지르며 호통을 쳤다.

"아 정말! 힐링, 자존감…. 제발 그딴소리 좀 하지 말라 그래요. 그냥 몸 움직이고 운동하라고 하세요. 문화적 키워드 그딴 거 다 필요 없어요. 그런 걸 도대체 왜 따져요?"

순간 당황한 청중은 웃음으로 민망함을 덮었다.

저자처럼 자신의 몸과 마음을 생산적으로 가동하는 메커니즘을 아직까지 개발하지 못한 불 특정 다수가 존재한다. 그들은 그들만의 고유한 문화를 형성한다. 그 문화는 궁극적 목적지가 아닌 자유롭고 건강한 개인으로 나아가는 하나의 여정이다. 임종할 때까지 힐링하고 자존감 이야기를 하겠다가 아니라, 그것을 거쳐 나비가 되어 날아 가고프다는 뜻이다. 이왕 지식인의 명찰을 달았다면 다수의 눈길이 머무르는 곳에 짧게나마 눈높이를 맞추고 공감해준다면 그 이상의 감동이 있을까. 이렇게 이타심의 결여는 종종 상대에게 비수를 꽂는다.

아들아, 남을 비판하고 싶어질 때면 이렇게 생각해 보렴. 이 세상 모든 사람들이 나처럼 좋은 환경에서 자라는 건 아니라고 말이다. -《위대한 개츠비》 1장 중에서

3

지구 반대편의 삶

실리콘밸리에서

배움을 멈추지 않는 사람을 채용하라.
계급이 아닌 관계를 형성하라.
- 에릭 슈미트(구글 CEO)

실리콘밸리의
실상

기술과 창업 앞에 연령, 성별, 인종이 무력한 미국 실리콘밸리에서는 학벌이 밥 먹여주지 않는다. 자신이 좋아하는 것 혹은 문득 떠오른 아이디어로 세계적인 명성과 부를 거머쥔 괴짜들이 모여 살고 있다. 스마트폰과 소셜미디어를 사용하는 우리 모두는 그들이 꾸었던 허무맹랑한 꿈의 실현 속에 살고 있다. 실리콘밸리 지역은 1년 내내 큰 기후 변화가 없다. 겨울에 잠시의 우기를 거칠 뿐 뼛속까지 스미는 추위는 없다. 여름에도 굳이 에어컨을 켜지 않아도 큰 문제가 없다. 이상적인 기후 조건으로 창업하기 좋은 핫 플레이스로서 세계적인 각광을 받는다. 애플, 구글,

페이스북 등 세계 시장을 장악하는 기업들이 탄생한 성장한 혁신의 근원지다. 전무후무한 IT 기술로 전 인류의 손과 발을 꽁꽁 묶어놓는 그네들은 정작 스마트 기기와 SNS의 노예가 아니다. 정해진 시간이 아닌 개개인의 리듬에 따라 자유롭게 일한다. 시간이 날 때마다 명상과 수련을 하고 운동을 즐기며 커피숍에 앉아서 몇 시간이고 책을 읽는다. 컴퓨터, 태블릿, 스마트폰을 사용하지 않고 책, 연필, 노트, 지우개로 교육하는 학교에 자녀들을 보낸다. 근교에 있는 스탠포드 대학에서는 매주 토요일 명상 모임이 있다. 커다란 강당에 수많은 사람이 모여 신기술에 대해 논하기보다는 가만히 앉아 침묵 속에 조용히 자신을 수련한다. 수도원이 따로 없다.

이상 실리콘밸리의 이상적인 면모가 돋보이는 소개였다. 모두가 알다시피 이 세상에 유토피아는 없다. '실리콘밸리'라는 지명이 우리 무의식 속에 모든 것이 완벽하며 최고의 인재들이 모인 곳의 이미지로 저장되어 있을 뿐이다. 일부는 그 무의식을 이용해 실리콘밸리라는 타이틀을 내세운 콘텐츠를 만드는 데 혈안이다. 오로지 자신의 이익을 위해 실리콘밸리에 대한 환상을 심는 동시에 그 이면은 간과한다. 실리콘밸리는 모든 것이 완벽하지 않을 뿐더러 모두가 훌륭한 것도 아니다. 특히나 각종 소셜미디어 회사들이 인간의 심리적 취약성을 이용해 이용자들을 중독 상태로 만들고 있다고 미국 언론도 연이어 경고하고 있다. 타인에게 받는 '좋아요'나 댓글을 통해 도파민을 자극하도록 만들어 이용자들의 시간과 의식을 필요 이상으로 소비하게 만들기 때문이다. 역으로 전 페이스북 부사장 차마스 팔리하피티야는 스탠퍼드대 경영대학원 학술대회에서 "사회 담론과 협력은 사라지고, 잘못된 정보와 거짓만 남았다."고 소셜미디어에 대해 비판했다. 애플의 최고 경영자 팀 쿡은 한 인터뷰에서 "내 조카들이 소셜미디어를 이용하는 것을 원하지 않는다."라고 노골적으로 말했다.

소가 뒷걸음치다 쥐를 잡듯 얻어걸린 각종 브랜드와 아이템이 있는가 하면, 오랜 시간 고민하고 막대한 자본을 들였는데도 폭삭 망한 것도 많다. 사람 소관이 아닌 운이라는 영역은 이곳 실리콘밸리에서도 작용한다. 이제 갓 회사에 들어간 친구는 회사가 갑자기 없어지고 다른 회사로 흡수되었다며 낯선 업무들을 익히느라 얼굴 보기가 힘들다. 한 번이면 족할 줄 알았더니 계속 그 친구의 회사는 어찌

된 일인지 다른 곳에 흡수되기만 한다. 결국 그 친구는 부당한 해고를 당하지 않기 위해 온갖 장치를 걸어놓기 바쁘다. 터무니없이 높은 물가 때문에 억대의 연봉을 받아도 저소득층에 속하며 비교적 질 낮은 삶을 산다. 세금이 급여의 40~45%를 차지하기 때문에 부동산을 소유하지 않는 이상 방값과 식비를 해결하면 저축이 불가능하다.

업무 시간과 업무량이 자유롭지만 성과에 따른 책임 또한 막중하다. 이 세상에 공짜 점심은 없듯이 말이다. 또 조직에서 위로 올라갈수록 책임이 커지기 때문에 승진을 거절하는 사람도 많다. 개중에는 1년에 책 한 권 안 읽고 회사의 부품 역할밖에 못 하는 직원도 많다. 혁신보다는 이윤에 집착하다가 하루 만에 폭삭 망하는 스타트업이 즐비하다. 유능한 CEO들마저도 마약에 손을 댄다. 엘론 머스크가 보이는 라디오에서 대마초 흡연을 한 사례가 있다. 심지어 학생들도 학교에서 마약을 하는 경우가 많다. 특히나 캘리포니아주에서는 마리화나가 합법이기 때문에 기호식품으로 소비되는 수준이다. 의료용 마리화나 외에도 껌, 초콜릿, 사탕에도 식용 마리화나를 넣어 시중에 판매한다. 특히 마약에 찌든 노숙인들이 즐비한 구역에서는 마음놓고 지나다닐 수 없다. 인종의 다양성을 지나치게 추구하다 보니 역차별 또한 존재한다. 백인들은 단지 백인이라는 이유만으로 차별을 받거나 부당한 대우를 당한다. 이런 현상은 유색 인종들에게 유리하게 작용하기에 일부 백인들이 마찰을 일으킨다. '실리콘밸리'가 들어간 제목만 보고 내심 부러움을 느꼈다면 지금 그대의 삶이 더 윤택할지도 모른다는 전제를 깔고 다음으로 넘어간다.

본질에 대한
집착

스타트업에 합류하기 전 도매점 아르바이트 시절, 카운터에서 계산과 재고를 확인하는 업무를 맡았다. 매일 아침 반품된 물건들을 회수해 가던 친절한 밥 아저씨는 철 지난 옷차림에 폐차 직전의 화물차를 몰고 다니는 소박한 영업사원이었다. 우리 가게에 오는 수많은 영업사원 중에도 유독 매사에 여유로웠으며 입가엔 늘 잔잔한 미소를 띠고 있었다. 꼼꼼한 일처리 뿐만 아니라 유머 섞인 소소한 일상의 대화마저도 항상 기억에 남았다.

어느 날 우연한 기회에 그가 유명 브랜드를 창업하여 조

단위의 자산을 벌어들인 유능한 사업가라는 것을 알게 되었다. 하와이 휴양지를 연상시키는 철 지난 셔츠에 꼬질꼬질한 운동화를 신고 자신이 만든 회사 영업사원으로 반품 품목들을 회수하고 있었던 것이다.

그 지역에서 성공했다고 칭하는 유능한 사업가, 거액의 자산가, 그리고 저명한 학자들은 주로 소박함 속에 자신만의 가치를 추구하는 부류다. 겉보기엔 누가 봐도 소박하게 사는 평민에 불과하다. 타인을 불편하게 하는 우월감 혹은 갑질이라고는 눈 씻고 봐도 찾을 수 없다. 오히려 상대를 높여주고 진지하게 경청하는 신사적인 태도에 매료된다. 공통적으로 그들은 있는 티를 내는 것을 꺼린다. 의미와 효율 중심의 가치관과 의사결정이 그들의 소비에도 묻어난다. 매번 추수감사절 블랙 프라이데이(파격 할인행사를 하는 금요일)마다 목격하지만 명품 매장 앞에 길게 줄 지은 사람들은 십중팔구 동양인들이다.

실제로 동양인들의 열등의식은 가장 심하다. 주류 사회에서 많은 경우 제외되고 각종 수치스러운 편견의 대상이기 때문이다. 동양인을 비하하려는 의도는 전혀 없다. 많은 경우 그들은 명품 옷, 가방 등의 소비력을 과시해서라도 남에게 인정을 받으려 한다. 한국인끼리의 열등 의식도 만만치 않다. 주로 주류 사회에 속하지 못하는 초기 이민자들은 만나기만 하면 서로 자식 자랑으로 맞짱을 뜨며 인사치레를 한다. 온갖 아이비리그 학교 이름을 대며 상대를 제압하려 든다. 그 자리에서 졸업 여부를 확인할 수 없으니 그냥 그렇다 친다. 급기야 취직한 직장 이름까지 들먹이다가 안 되면 집안 자랑으로 넘어간다. 한 집안에 국회의원 몇 명은 기본이고, 곳곳에 땅을 소유하고 있다고 한다.

하지만 이곳의 성공한 사람들의 특징은 성공하기 전부터 애시당초 남에게 감정적 승인을 받으려고 애쓰지 않는다. 그들만의 자부심을 나타내려 하는 것이 아니라 그럴 필요를 전혀 느끼지 못하기 때문이다.

얼마 전 우연한 기회에 스탠포드 비즈니스 스쿨 학장과 면담을 할 기회가 있었다. 실리콘밸리 중심지역 팔로알토에 위치한 스탠포드 대학은 스티브 잡스가 살아생전 'Stay hungry, stay foolish'라는 주옥같은 명언을 졸업 축사로 외친 세계적인 명문 대학이다. 면담을 마치고 인사를 하면서 스탠포드 재학생과 졸업생들의 창업 성공률이 얼마인지 알려 달라고 했다. 대답은 예상을 빗나갔다. 스탠포드

측에서는 한 번도 수치화한 성공률을 계산하고 기록한 적이 없다고 했다. 진정한 고수는 굳이 숫자의 소수점 반올림까지 해서 자신의 우월함을 입증할 필요가 없다. 오히려 재학생과 졸업생들 사이에 탄탄한 멘토십이 형성될 수 있도록 장려한다고 대답했다. 본과 수업에 항상 최고의 학자인 교수와 현장 출신의 전문기술인, 경영인이 동시에 가르치도록 커리큘럼을 만든다고 했다. 재학생과 졸업생들 간에 멘토십이 끈끈하게 형성되어 있는가, 얼마나 자주 만나는가를 꼼꼼히 확인한다고 했다. 생각지 못한 답변에 큰 감동이 밀려왔다. 동시에 결심했다. 어떠한 경우에도 사실을 실제보다 부풀리거나 왜곡하지 않겠다고. 나의 어떠함을 포장한 장사꾼이 되지 않겠다고. 요란한 빈 수레의 향연에 끼지 않겠다고. 진정한 실력자로서 묵묵하게 사람을 살리는 데 실력을 발휘하겠다고 말이다. 이처럼 진정한 승자는 온전히 본질에 집중한다.

나와 너의 고유함

개인도 마찬가지다. 안드로이드와 아이폰의 운영체계가

다른 것처럼 개개인의 삶의 운영체계도 각자 다르다. 그렇기에 타인의 인정을 구걸하지 않고 독립적이고 개별적인 자아로 존재하는 것은 인간만의 특권이다. 타인의 인정에 목말라 자신의 모양과 색깔을 변형하면 본연의 아름다움이 퇴색된다. 내면이 성숙하지 않은 사람일수록 상대를 향한 높은 기대치를 갖는다. 그렇기에 늘 종속적으로 살 수밖에 없다. 주로 집단적으로 행동하는 것을 선호한다. '우리' 속에 파묻혀 있는 '나'는 안전하다고 믿기 때문이다. 나와 다름을 종종 틀림이라고 규정하고 배척한다.

하지만 이들은 Uniformity(무조건적인 획일성)보다는 Unity(본연의 모습으로 자발적인 합을 이루는 것)를 추구한다. 다양성(Diversity)은 이민자의 나라인 미국에서 지역과 사회를 막론하고 가장 중요한 가치다. 인종, 나이, 성별, 종교에 상관없이 남들과 서로 다른 관점을 존중하고 적극적으로 배운다. 그렇기에 많은 경우 문제에 입체적으로 접근하고 다른 차원의 해결책을 내놓는다.

나는 미국인들과 쉽게 동화하기 위해 힐러리Hillary라는 영어 이름을 택했다. 내 이름 '유명현'은 한국인조차 발음하기가 어렵다. 매번 외국인에게 틀린 발음을 고쳐 주며 통성명하는 것이 꽤나 번거로웠다. 하지만 그들은 기어코 나를 '현'이라고 불렀다. 나의 한국 이름이 더 아름답다고 하면서 말이다.

본연의 것을 있는 그대로 보려고 하기에 시야를 더 멀리 확보하고 창의적인 생각을 한다. 미국인들은 타인을 의지하지 않고 혼자서 개척해 나가는 강한 독립성과 자발성과 추진력을 갖고 있다. 집단이 가진 강제성과 배타적인 우월감은 폭력이라 정의 내리고 가담하지 않거나 필요시 거칠게 저항한다. 본인의 우월한 지위를 믿고 정신적, 감정적 폭력을 휘두르는 사람은 그대로 하루아침에 지위를 잃는다. 물리적 폭력과 같은 선상에서 보기 때문이다. 안전 제일로 살고자 타협하는 것은 실패로 가는 지름길로 여긴다. 아무리 좋은 게 좋은 거라지만 막상 살아보면 좋은 게 좋은 게 아닐 때가 더 많기 때문이다. 나 또한 어쩔 수 없이 새어 나오는 이질적인 정서와 개별적인 의사결정이 주위 사람들을 불편하게 만든다. 내가 없는 자리에서 사람들은 나에 대해 '독특하다'라는 평으로 얼버무려 이야기한다. 누군가의 눈밖에 나서 은근한 미움을 받을 때도 있고 심한 경우 면전에 모욕이 퍼부어질 때도 있다. 하지만 이것은 내가 개별적 자아로 존재하고 있다는 방증이다. 집단 속에 용해되지 않은 고유한 '유명현'으로 존재하고 있다는 증거다.

누군가의 비위를 맞춰서 미래를 보장받던 꼰대들의 전성기는 이제 옛날이야기에 나올 법한 소재다. 미국에서는 망하는 지름길이기도 하다. 요즘 아직도 자신이 거인의 어깨 위에 올라섰다며 인맥을 의기양양하게 과시하는 사람이 많다. 그들의 특징은 늘 본인의 인맥을 자랑하며 기회주의적으로 사람을 대하는 것이다. 지금 당장 힘이 없는 사람을 우습게 보고 어려운 형편에 있는 사람을 외면한다. 실력을 연마하는 것보다 자신의 조력자를 만드는 것이 더 중요하기 때문에 관계에 필요 이상의 에너지를 쓴다. 하지만 관계 유지가 안 되거나 틀어지면 회생이 어렵다.

특히나 한국 사회는 '인싸, 아싸(Insider, Outsider)'라는 신조어를 들이밀며 다수와 같은 모양과 색깔이 아니면 소외당한다는 루저Loser와 같은 발상을 아래 세대로 흘려보내고 있다. '나'로 존재할 수 있는 궁극의 자유를 져버리고 때마다 '인싸'로 살기에는 우리의 인생이 너무 짧다. 이 용어 자체는 심지어 상업적으로도 잘 활용되고 있다. 고정관념과 프레임을 씌워서 이미 만들어놓은 콘셉트와 아이템들을 광신적으로 소비해줄 순진한 어린양들을 채집하기 딱이기 때문이다. 자원하는 마음으로 아웃사이더로 살아보길 바란다. 많은 경우 기준을 명확히 해두는 선 작업을 건너뛰고 남들이 뛰니까 덩달아 같이 뛴다. 원칙이라는 기준이 없으면 측정이 불가능하다. 그래서 뛰었다는 사실만이라도 뿌듯할 때가 있다. 쳇바퀴에서 내려오니 몸은 힘든데 그때 그 자리다. 이처럼 나의 고유함에 집중하지 않으면 시간과 에너지를 허비하게 된다.

천재들과
함께 일하다

스픽Speak이라는 샌프란시스코 소재 스타트업에서 일하던 시절 나의 고용주는 90년대생이었다. AI 음성 인식 기술을 접목한 외국어 교육 스타트업이었다. 면접을 보러 회사에 도착하니 딱 봐도 대학생처럼 보이는 청바지 차림의 두 젊은 남자가 입구에 어슬렁거리고 있었다. 냉장고 문을 여닫고 커피를 마시다가 탁구를 치기 시작했다. 갑자기 소파에 앉아 책을 읽더니 다시 책상에 앉았다. '낙하산인가? 아니라면 저 친구 둘은 빠른 시일 내에 짤리겠네.' 속으로 생각했다. 놀랍게도 그 둘은 회사의 창업주였고 스타트업계에서 나름 소문난 능력자였다.

그렇게 카너와 앤드류, 두 천재와의 인연이 시작되었다. 둘은 몇 년 전 틸 장학생으로 선발되었다. 페이팔 공동 창업자이자 페이스북 초기 투자자인 피터 틸Peter Thiel이 자신의 이름을 딴 '틸 장학금(Thiel Fellowship)' 장학 제도를 만들었다. 틸 장학재단에서는 창업을 위해 대학을 중퇴하는 학생에 한해 재정적으로 지원한다. 피터 틸을 납득할 만한 획기적인 아이디어를 제시하는 꿈나무 학생들에게 기회가 주어진다. '틸 장학생'은 말 그대로 혁신의 유망주를 상징한다.

카너는 하버드 대학 1학년 재학 중 학교를 그만뒀다. 16세의 나이에 스탠포드 대학 박사학위를 시작한 앤드류와 합심하여 틸을 납득한 뒤 창업 전선에 뛰어들었다. 물론 이전에도 여러 번의 도전과 실패가 있었다. 하지만 실리콘밸리 지역에서는 실패의 경험이 많은 지원자일수록 더 후한 지원금을 받는다. 남들보다 더 많이 축적된 시행 착오와 경험치의 빅데이터로 인해 더 크게 성장할 수 있다고 믿기 때문이다. 둘은 틸 장학금 수혜자의 모범적인 선례가 되어 꾸준히 성장하고 있다.

면접부터 질문들이 남달랐다. 내 전공 분야와 커리어의 영역을 넘어서 무한한 가능성을 품은 하나의 인격체로 대하며 대화를 나누는 식이었다. 인생에서 무엇을 중요하게 생각하는지 그리고 스트레스를 어떻게 해소하는지 물었다. 무엇보다 나의 인간적인 면을 먼저 이해하려 했다. 자유 복장 근무는 기본이고 서로를 부를 때는 직책 대신 '헤이, 카너', '앤드류!' 이렇게 이름을 불렀다. 총괄 팀장인 션은 하버드 시절부터 카너와 둘도 없는 친구지만, 업무 역할과 사적인 관계를 철저히 구분 지었다. 회의를 할 때는 팀원에게 일방적으로 지시 사항을 전달하기보다는 자유롭게 말하도록 간단히 화두를 던졌다. 직원들의 말에 귀를 기울이며 함께 브레인스토밍을 하는 등 수평 구조로 해결책을 모색했다. 상사의 의견에 질문하거나 이의를 제기하는 것을 환영했다. 권위에 대한 도전이라 받아들이지 않았다. 오히려 질문하지 않고 주어진 일에 무조건 순응하는 것이 민망할 정도였다. 불시에 답하기 어려운 애매한 질문을 받으면 회피하거나 다음으로 미루지 않았다. "That's a very good question. Thank you for asking that(진짜 좋은 질문이에요. 질문해 줘서 고마워요).”라며 그 자리에 있는 모두의 통찰을 모아 회의 시간을 배움의 장을 만들었다. 미국인들은 질문에 명쾌한 답을 주지 못한다고 해서 수치심을 느끼지 않는다. 참여자들의 집중도를 더 높일 수 있는 기회로 삼을 수 있기에 좋은 질문에 감사한다고 한다.

야근은 애사심과는 전혀 거리가 멀었다. 회사에서 정해준 제한된 시간 안에 자신의 일을 해낼 수 없었다는 상징일 뿐이었다. 다른 회사에서 일하던 내 친구는 야근을 너무 자주 한다는 이유로 매번 극단의 경고를 받더니 급기야 가차 없이 해고를 당했다. 미국 노동법상 추가 수당이 꽤 높은 이유로 오히려 사측에서 야근을 꺼린다. 야근이 잦다는 것은 주어진 시간 안에 임무를 완수하지 못한다는 무능력함의 상징뿐만 아니라 다수가 없는 틈을 타 회사에 해를 끼칠 가능성으로 여겨지기도 한다.

어느 날 회사에 문제가 발생했다. 직원이 소비자들과 소통하는 과정에서 곤란한 문제가 생겼다. 주로 스타트업은 오픈된 공간을 공유하는 사무실 구조라 의도치 않게 창업주와 담당 직원과의 면담 내용을 들었다. 문제를 해결하는 과정에서 조바심이나 격앙된 톤 없이 “What does your gut tell you?(네 직감은 어때?)"라고 먼저 물었다. 영어 단어 'gut'은 (위)장이라는 뜻의 영어 단어다. 고대 시대에 인간의 직관과 통찰을 담당하는 신체 부위는 심장이 아닌 장이었다. 식겁을 할 때마다 스산한 기운이 뱃속에 위산을 퍼뜨리는 경험은 누구나 있을 것이다. 자신이 원하는 결과치를 도출하기 위해 직원을 닦달하거나 솔루션을 들이밀기보다는 직원의 뱃속까지 내려간 심정을 먼저 읽으려 했다. 상황의 최전방에서 문제를 맞닥뜨린 당사자의 통찰을 먼저 이해하려 했다. 나이와는 무관하게 상대의 말을 경청하고 공감하며 가장 합리적인 해결 방법을 모색해 나가는 모습을 보며 깨닫는 바가 많았다. 이성을 발휘하기 위해 감정을 배제하는 조카뻘 창업주로 인해 인격적인 성숙은 물리적 나이와 비례하지 않는다는 것을 다시 한번 확인했다. 구글의 인사팀의 분석에 따르면 유능한 인재가 모인 팀보다는 심리적 안정과 상호 신뢰가 강한 팀이 최고의 성과를 낸다고 한다. 심리적 안정과 상호 신뢰는 고객과의 소통까지 이어졌다. 새로운 마케팅 전략에만 올인하기보다는 기존의 유저(user, 사용자)들과 끊임없이 소통하며 기존의 기술들을 개선해 나갔다. 주 고객층이 한국인이라 온라인상으로 소통을 하다가도 한국으로 직접 가서 유저들을 직접 만났다. 새로운 물고기에만 혈안이 되어 화려한 마케팅에 돈을 쏟아 붓기보다 기존의 충성스러운 유저들과 끈끈하게 연대하며 최적의 유저 테스팅을 고안해 나갔다. 한국을 자주 오가며 한국어도 따로 공부했다. 아마존 창업자 제프 베조스처럼 고객 중심 경영뿐만 아니라 고객 집착 경영을 했다. 결과는 대 성공이었다. 유저들이 보통 현란한 마케팅에 혹해서 시작했다가 만족을 못 해서 썰물 빠지듯 빠져나가는 경우가 허다하다. 하지만 기존의 유저들을 가족처럼 생각하고 귀 기울인 대가는 잔잔하지만 지속적인 밀물 현상을 일으켰다.

내면

매니지먼트

한국에서는 어떤 상황이든 직접적으로 말하는 것을 꺼린다. 당사자 앞보다 뒤에서 말하고, 문제의 본질보다는 감정의 수위를 거스르지 않으려 신경 쓴다. 그러다 보니 업무 외의 뒤풀이 및 회식 자리에서 핵심 업무 내용을 거론하고 중대한 의사결정을 내린다. 겉보기엔 사이가 돈독해지고 신뢰가 확장되는 의미로 해석될 수 있으나, 실제로는 일의 진행과 수습이 어렵다. 열의 아홉은 예기치 못한 상황에 얼굴을 붉히거나 인력 소모를 겪게 된다.

감정을 잘 다스려 종 노릇 하지 않은 것만으로도 정신 건강을 지킬 수 있다. 감정 때문에 겪는 불필요한 내적 소모 대신 더 의미 있는 곳에 에너지를 투자할 수 있기 때문이다. 감정은 잘 다스린다면 말을 잘 듣는 하인이지만 감정에 끌려다니게 되면 나를 함부로 부리는 나쁜 주인이다. 그렇다고 해서 부정적인 감정 자체가 해로운 것은 절대 아니다. 한밤중에 뒷골목에서 괴한을 만났는데 초연하게 대처할 수는 없다. 그 순간 느끼는 공포심과 두려움은 위기의 상황에서 알맞게 대처하게끔 모든 신체 기관에 명령을 내린다. 즉 감정이란 우리 안에 탑재해 놓은 조물주의 슬기다. 부정적 감정마저 생존과 종족 보존을 위해 인간이 진화해 온 방식이다. 이것을 받아들이고 객관적으로 바라보는 것도 이미 모든 영역에서 반은 이기고 들어가는 거다. 모를 때야 트라우마에 종처럼 끌려다니지만 객관적으로 알고 나면 오히려 이롭게 활용할 수 있다는 이점이 있다. 그렇기에 자신을 다스리기 위해 계발된 내적 메커니즘은 돈으로 환산할 수 없는 소중한 자산이다. 우리는 마음먹은 대로 현실을 재단해 나가는 신적인 존재가 아니다. 하지만 나의 통제를 벗어난 영역에서 지혜로운 반응으로 인생이 더 아름다워질 수 있다. 어떤 혼돈 속에서도 자신만의 질서를 만들어 나갈 수 있다.

카너와 주고받은 마지막 대화를 기억한다. 나는 여느 때와 달리 불시에 개인적인 질문을 했다. "카너, 나 질문 하나 해도 돼? 창업주로서 스스로가 생각하는 최고의 강점이 뭐라고 생각해?" 그는 이렇게 대답했다. "글쎄, 힐러리. 좋은 질문이야. 난 익숙하지 않은 상황에서도 큰 그림을 놓치지 않지. 어떤 환경에서도 나만의 일을 수행해 나간다는 강점을 갖고 있어."

한국 손님
체험기

실리콘밸리 지역에서 투자를 받고 정착하려는 한국인 스타트업 도전자들이 하루가 멀다 하고 찾아온다. 혁신과 성공이라는 꿈에 부푼 다양한 부류의 한국인이 오기에 그들을 관찰하다 보면 매번 새로운 가르침을 얻는다. 신기하게도 방문자들은 분야와 기술을 막론하고 몇 개의 동일한 패턴을 보인다. 대다수가 도로에 현대기아차가 몇 대 다니는지 파악하고, 한 차선에 두세 대 이상 다니면 한 민족의 자긍심을 되새긴다. 신기하게도 몇몇은 현지에 오자마자 한식당에 꼭 간다. 다른 일행은 현지 음식을 먹어보고 싶은데 목소리 큰 사람을 이길 수가 없다. "내가 오기 전에 구글에서 미리 검색했거든요. 여기 어디에 한국식당이 있더라고요. 거기로 갑시다." 하고 목소리로 이겨버리면 현지인에게 인기 있는 식당 위주로 검색해온 나머지 사람들에게는 할 말이 없다. 목소리가 큰 사람은 도저히 느끼한 현지 음식을 먹을 자신이 없어 현지 한국식당 위치와 메뉴를 조사 해 놓는다. 그래서 나머지는 울며 겨자 먹기로 한식당으로 간다. 많은 경우 타국의 본토 음식 맛은 내 고향 맛보다 못하다. 한국음식만 고집하는 이들은 타인종과 대면하기를 꺼리는 경우도 있다. 오히려 내가 한국인이라는 것을 망각하고 서로 어울려 보면 여행의 퀄리티가 한층 높아진다. 다른 부류는 일단 마트에 가서 현지인들의 일상은 어떤 것들로 이루어져 있는지 그들의 살림살이를 구경한다. 매일의 삶을 대충 그려볼 수 있는 사람 사는 냄새 나는 곳이기 때문이다. 잠시 짬이 나면 공원에서 산책을 하면서 현지인들과 가볍게 몇 마디 주고받기도 한다. 어딜 가든 나를 내려놓고 타인을 체감할 준비가 되어있다.

본격적으로 팀이 되어 함께 사업을 할 목적으로 사람을 만나면 공감대 형성을 하기 위해 노력해야 한다. 사회, 문화, 예술, 스포츠 등 다방면의 현지 사전 조사와 친분 쌓기에 좋은 간단한 대화를 미리 숙지하는 것이 매너다. 하지만 대부분이 초면에 결혼은 했냐, 애는 몇 명 있냐 등 호구 조사를 한다. 다짜고짜 나이를 묻고는 서열 정리를 하려는 사람들도 있다. 쥐구멍이라도 있으면 들어가 숨고 싶다. 내가 애써 웃음으로 얼버무리며 해도 "어이, 아가씨! 빨리 내가 묻는 말 통역해요. 나 궁금하단 말이야." 이렇게 아랑곳하지 않고 답을 요구한다. 심한 경우는 '얼굴이 잘생겼다, 예쁘다'고 하는 등 외모를 칭찬한다. 이름만 대면 알 법한 할리우드 영화배우를 닮았다고 하면 한국 사람들이야 좋아하겠지만, 이곳 사람들은 많은 경우 어떻게 반응해야 하는지 몰라 난감한 표정을 짓는다. 깊게 파인 쌍꺼풀에 높이 솟은 코가 매력적인 것은 사실이지만 의외로 그게 콤플렉스인 경우도 많다. 그들이 갖고 있지 않은 동양의 미가 더 신비하게 느껴지기에 센스가 넘치는 사람들은 한국 전통 문양이 새겨진 작은 선물을 미리 준비해 오기도 한다. 분위기가 화기애애해지고 호감도가 급상승한다.

열정 페이의 기억

나는 주로 실리콘밸리에 정착하려는 한국 회사들이 투자를 받을 수 있도록 회사와 기술을 소개하고 좋은 투자자들과 이어주기 위한 피칭 업무를 담당했다. 업무상 알게 되는 회사의 기술과 창업주의 내공으로 매번 놀람을 금할 수가 없었다. 우리나라에 이런 기술이 있다니, 이런 열정을 가진 창업자가 있다니, 나도 더 열심히 도전적으로 살아야지, 매번 다짐했다. 일생에 한 번 만나볼 수 있을까 한 사람들과 동일한 목표로 합심해서 일을 하면서 도전의 가치를 몸소 체험했다. 반면에 한국인으로서 부끄러울 정도의 황당한 사건도 있었다. 한국보다는 기술이 뒤처진 많은 나라가 오히려 안정적으로 정착해서 성공 사례를 만들어가는 형편이기에 나는 늘 열과 성을 다해서 일했다. 하지만 나의 열정을 알아본 몇몇 사람은 다른 셈법으로 접근했다. 계약상 명시된 업무 외에도 이것저것 당연한 듯 사전 합의 없이 요구했다. 결국에는 마음껏 부려먹고 나중에 따로 불러내더니 돈이 없어 추가 분량을 지급 못 해 미안하다고 했다. 대충 말로 때우는 식으로 합당한 사례를 하지 않았다. 타국 만리에서까지 열정 페이를 호되게 당했다. 그것도 같은 한국 사람에게 말이다. 국익을 위한다는 마음으로 충성하다가도 이 사건을 생각하면 만 정이 떨어진다.

대체로 이런 방식으로 업무를 처리하기에 한국인들을 향한 신뢰도가 낮은 편이다. 한국식당에서는 사장이 아르바이트생의 팁을 빼앗는가 하면 가난한 나라에서 온 노동자들은 한국인 밑에서 일할 때 경험했던 기상천외한 에피소드에 혀를 내두른다. 약자에게 강한 몇몇 한국인 오너들이 면전에 욕을 해대는가 하면 폭력을 휘두르고 일당을 떼어먹는 일도 허다하다고 했다. 지인들에게서 들은 황당한 일화를 실제로 겪고 나니 그들의 아픔이 남 일 같지 않았다.

변수는
기본값

유명한 스타트업 인큐베이팅 회사 책임자와의 면담에서 다수의 한국 스타트업이 정착하지 못하고 빨리 철수하는 이유를 물었다. 주된 이유는 다민족 집합의 결정체인 실리콘밸리에서 한국인이라는 정체성을 필요 이상으로 붙든다는 점이 가장 크게 작용한다고 했다. 외세의 침략으로 얼룩진 우리나라 역사를 생각하면 엄밀히 단일 민족이라 칭하기 어렵지 않을까. 민족의 우월성을 지나치게 강조하는 정서로 인해 타인종에 대해 쉽게 편견을 갖는다. 대화 중 특정 인종을 비하하는 낯뜨거운 속어들을 심심치 않게 내뱉는 사람도 많다. 개중에는 정부의 지원을 받아 견학을 온 사람들도 있다. 지원 항목 중에 인성 검사도 있었으면 한다. 인종차별을 당하지 않으려면 먼저 인종차별을 하지 않아야 하는데 말이다. '우리 것이 좋은 것이여'는 우리끼리 얘기다. 내 방식은 훌륭하고 남의 방식은 틀렸다는 갇힌 마인드는 주변인들의 눈에 영 매력 없게 보인다고 한다.

창업계에서 잔뼈가 굵은 이들은 변수로 인해 좌초될 방향과 전략의 가능성을 항상 기본값으로 둔다. 이해를 벗어난 영역에 새로운 가능성이 있다고 믿는다. 배후에는 자신의 무지를 인정하는 겸손이 전제되어 있다. 현실 속에 늘 변수가 있다는 것을 염두하지 않으면 예기치 않게 찾아오는 변화에 유연하게 대처할 수 없다. 그렇게 따지면 실은 나도 만만치 않게 변수에 취약하다.

얼마 전 친구와 영화에 대해 이야기하다가 "아, 이거 스포하면 안 되는데."라는 말을 들었다. 내가 영화의 결말부터 말하려고 하면 귀를 막으며 "싫어. 스포하지 마!"라고라고 하는 친구도 있었다. '스포'라는 단어를 한 번도 들어본 적이 없던 나는 의아했다. '스포'는 단어는 'Spoil망치다'에서 나온 표현으로 영화를 미리 본 사람이 영화의 중요한 내용을 미리 알려주어 기대감을 없애는 것을 의미한다. 하지만 나는 신기하게도 스포를 반긴다. 내 머릿속의 이해 범위 내에서 영화가 전개되는 것을 원하기 때문이다. 내 이해의 통제를 벗어난 영역에서 예상치 못할 일들로 전개되는 막연함이 영화를 보는 내내 정신적인 스트레스로 다가와 견딜 수 없다. 새로 나온 영화의 결말은 늘 지인들에게서 먼저 확인한다. 혼자 영화 보는 것을 꺼리고 누군가와 함께 볼 때는 장면마다 끊임없이 질문하여 옆 사람을 괴롭힌다. 그렇다. 미래의 대한 막연함은 영화에서도 스트레스로 다가온다.

또한 고질적인 수직 체계 마인드가 실리콘밸리의 만연된 수평 문화와는 맞지 않아 혁신과 변화의 상징인 이곳에서 일의 진전이 더디었다고 했다. 일개 직원이 오너에게 건넨 한마디가 '어디 감히'의 눈빛으로 되받아쳐지는 것을 그들도 느끼나 보다. 편견과 아집의 문제가 해결되는 데 늘 필요 이상의 시간이 걸린다. 문제가 해결될 때쯤엔 이미 미국 회사에서는 취업 비자를 지원 않기로 마음먹은지 오래다. 그래서 미팅 때 받아 모아두었던 명함만 수백 장 손에 쥐고 도로 귀국해야 하는 현실을 맞이하게 된다. 한국으로 돌아가서 이메일로 열심히 해보면 되지 다짐하건만 눈에서 멀어지면 마음도 멀어지는 법이라 구두로 오갔던 프로젝트는 줄줄이 무산된다.

얼마 전 만난 한국계 창업주는 완전히 다른 케이스였다. 새로운 것에 거부감을 갖기보다는 오히려 반갑게 맞았다. 자신의 지식은 잠시 접어두고 대체될 새 지식이 무엇인지를 끊임없이 알고 싶어했다. 물음표가 많으면 느낌표도 많아진다는 것을 새삼 깨달았다. 꽤 안정된 노후를 누리고 있었지만 은퇴 후 일상을 명사형이 아닌 동사형으로 살고 있었다. 온갖 흥미로운 일들을 계획하며 현역으로 여러 가지 일을 하고 있었다. 변화에 뒤처지지 않겠다는 남다른 각오와 당신도 옳다는 유연한 사고로 감동을 주었다. "제 발표는 제가 직접 할게요! 제 차례가 언제죠? 아, 빨리 하고 싶은데." 여태까지 이런 말을 한 사람은 처음이었다. 늘 애절한 눈으로 대신 해달라 혹은 잘 부탁드린다며 내게 의존하던 사람들밖에 없었으니까. 그는 비록 네이티브의 실력은 아니었지만 남부럽지 않은 자신감으로 자신의 회사와 기술을 소개했다. 오히려 그런 자신감으로 그 어떤 밋밋한 피칭보다 더 빛났다.

어떻게
살 것인가

스티브 잡스는 창의를 '그저 이것저것을 연결하는 일'이라 정의했다. 하늘 아래 새로운 것은 없다. 창의적인 사람은 지루하리만큼 익숙한 일상의 모든 것을 찬찬히 되짚어볼 줄 아는 사람이다. 창의적인 사람은 남의 창의를 몸소 공감하려는 사람이다. 내 손안의 작은 스마트폰 화면보다 어린아이와 같은 호기심으로 만남, 경험, 타인의 이야기에 집중한다. 만들다make는 사람 소관으로 되겠지만 완전한 무에서 유를 창조하는creat 것은 불가능하다. 그러므로 창의란 하늘에서 갑자기 뚝 떨어진 것이 아니다. 기존의 것들을 필요에 맞게 재구성하고, 편집하여 다른 색을 입힌 후 다른 이름을 붙이는 것일 뿐이다. 어쩌면 인간의 창의는 윤리가 허용하는 범위 내에서 모방을 감행하는 모험이다. 이처럼 창의는 결코 멀리 있지 않다. 내가 잘 모른다는 것을 쿨하게 인정하고 과거에 국한된 경험과 기존의 틀을 뿌리치고 나올 수 있어야 한다. 새로운 것을 필요로 하는 결핍의 갈급함이 창의를 부른다. 동시에 추진력을 북돋운다. 오늘 이 자리를 어제와는 다른 눈으로 보겠다는 과감한 결단이 외부에서 영감을 가져온다. "내가 확실히 알고 있어."라고 못 박는 순간 도태되는 자리에 착석할 뿐이다.

> 늘 해오던 방식을 고수할 필요가 전혀 없다는 깨달음, 그것이 바로 창의력이다.
>
> \- 루돌프 플레쉬(Rudolf Flesch)

자신만의 고유한 상상력의 유무는 앞으로 다가올 앞으로 우리가 살아갈 시대의 필수요건이다. 자신만의 고유함이 없는 사람은 남을 쫓아가는 데 급급하다. 콘텐츠의 생산자가 되지 못하고 소비자 역할만 하기 때문이다. 자신의 콘텐츠를 기반으로 한 소통, 연결, 공감을 형성하지 못하면 영원한 추종자 혹은 소비자로 남아야 한다. 나는 교육 전공자로서 앞으로 '학교'라는 시스템이 없어진다는 예측이 그리 달갑지 않다. 하지만 우리가 말하는 앞으로 사라질 직업, 그 공백의 자리는 더 효율적인 시스템으로 대체될 것이다. 나 또한 삶의 계절을 따라 강사에서 작가로 탈바꿈했다. 말을 아끼고 글을 쓰는 감성 노동자가 되었다. 더 이상 정형화된 지식을 모든 척도와 잣대로 들이밀지 않는 사회로 변해가고 있으니 이런 변화가 놀랍지 않다. 이제는 지식과 정보를 주기보다 높고 넓은 시야로 자신을 바라보고 품도록 도와주고 싶다. 자신을 온전히 포용하고 자신만의 장르를 제시하는 훌륭한 개인으로 성장하도록 돕고 싶다. 산업과 학문 간의 칸막이가 사라지는 이 시대에 저마다의 특별함으로 분야를 넘나들며 자신의 영역을 확장해 나가는 멋진 사람이 되도록 이끌어줄 것이다.

4

실행의 용기

실행

새로운 일을 하는 용기 속에
당신의 능력과 기적이 함께 들어있다.
- 괴테

있는 모습
그대로

최근 매주 모임에 나가는데 모임에 새로 온 사람들은 앞으로 나가 마이크를 잡고 자기소개를 한다. 한번은 자기소개를 하던 어떤 사람이 불편한 표정을 짓더니 "아… 저는 사람들 앞에서 말하는 것이 너무 공포스럽습니다."라고 하자 진행자는 재치 있게 "그럼 공포심을 갖고 하세요."라고 했다. 상대는 갑작스런 말에 할수 없이 자기소개를 했다. 생각지도 못한 사회자의 한마디에서 문득 깨달았다. 실행은 모든 상황이 완벽해서 하는 것이 아니라 할 수 있는 만큼이라도 하는 것임을. 짐을 줄일수록 여행이 즐겁듯이 마음의 부담을 덜어내면 실행하기가 쉬워진다는 것을. 모든 일은 쉬워지기 전에 어렵다. 그것이 세상의 이치다.

뇌 전문가 이시형 박사에 의하면 인간의 뇌는 새로운 행동을 하는 데 강력히 반발하는 성향을 보인다고 한다. 현상 유지도 피곤한데 새로운 행동을 습관으로 만들어야 하니 내가 뇌라도 싫겠다. 이것은 '통일-일관성 본능'이라 불린다. 하지만 인간은 똑같은 것만 반복하면 매너리즘에 빠져서 활력을 잃고 무기력해진다. 늘 아는 지식과 경험 안에서의 교차 반복을 거칠 뿐이기에 퇴행하는 느낌이 들기 때문이다. 매너리즘이 주는 현재의 따분함과 실행에 대한 미래적 불안 사이에 선택해야 한다. 반복적인 불평보다는 그나마 잠시의 불안이 나을 거 같다면 새로운 시도를 하는 것이 더 낫지 않을까. 편안함을 느끼는 안전지대에서 의도적으로 내 자신을 끄집어내는 것은 폭력적이며 소모적이다.

언젠가 나는 누군가에게 영감을 주는 사람으로서 자발적인 모험을 강행하기로 했다. 하지만 시작도 하기 전에 완벽하지 않음에 대해 참을 수 없는 무언가가 내 사기를 떨어뜨려 놓았다. 전문가가 아닌지라 초반에 잘하지 못하는 것이 당연한데도 괜히 자존심이 상했다. '내가 좀 모자란 가봐, 다른 사람들은 잘하는데 나는 왜 이렇지?' 매번 이렇게 자책했다. 하지만 중요한 것을 간과하고 있었다. 처음부터 원대한 뜻만 부각하여 이상적 목표치를 향해 달리는 것은 크게 도움이 되지 않는다는 것을. 오히려 소박해 보이는 작은 실행을 점진적으로 늘리는 것이 실행의 열쇠라는 것을. 실제로 이런 생각은 그동안 내가 자신에게 얼마나 비현실적인 기대치를 강요하며 괴롭혀 왔는지 방증해주는 격이 되었다. 성취에만 모든 집중과 의미를 부여하고 정작 과정 속에 다듬어진 변화는 간과했다.

천만 관객을 동원한 이준익 영화감독은 인터뷰에서 이렇게 말했다.

"만약 영화감독이 되길 꿈꾼다면 단 한 편이라도 단편영화를 직접 찍어 보길 바라요. 가족이나 친구끼리 그냥 휴대폰 카메라로 찍어도 좋아요."

옛날
같지 않아

나는 어느덧 30대 중반에 들어선 85년생 Y세대다. 90년대 후반에서 2000년대 초반에 태어난 Z세대와 세대 차이를 느낀다. Z세대는 어린 나이부터 스마트폰을 접하고 디지털

환경에서 자랐기에 새로운 것을 익히고 활용해서 접목하는 속도가 나와는 비교가 안 된다. 나는 X세대와 Z세대 중간에 낀 Y세대로서 하루가 멀다 하고 바뀌는 세상에 유연하게 대응하려 노력하지만 생각만큼 쉽지 않다. Z세대가 과감히 저지르고 보는 세대라면 그에 비해 Y세대인 나는 관망하며 뜸 들이는 시간이 더 많은 편이기도 하다.

스마트폰이 없던 나의 어린 시절 나의 유일한 게임기는 장난감 다마고찌(반려동물) 키우기였다. 음원 대신에 '마이마이'라고 불리던 카세트 플레이어에 테이프가 늘어날 때까지 수백 번을 뒤집어가며 음악을 들었다. 그만큼 나이 차에 비해 판이하게 다른 세상 속에 살고 있다는 것을 피부로 느낀다. 그래도 격차를 극복하고자 더듬더듬 하나씩이라도 따라 하다 보면 그리 어려운 것도 아니었다. 하고 나면 아무것도 아닌 것들을 나는 그동안 왜 못하고 있었을까 자책할 때도 많았다. 아무것이나 겁 없이 척척 해내는 Z세대를 물끄러미 바라보기만 하는 내 주위의 구세대는 위협감을 느끼며 주눅들어 있다.

하지만 제아무리 Z세대라도 경험과 연륜만이 해결할 수밖에 없는 한계에 봉착하는 것을 본다. 아무리 날고 기는 무적의 Z세대라도 순리를 비껴갈 순 없나 보다. 나는 Y세대로서 큰 욕심 부리지 않고 클래식과 아날로그의 감성을 품은 채 적재적소에 있으면 된다. 그대도 혹여나 무엇이든 겁 없이 척척 해내는 어린 것들에게 주눅들어 아무것도 못하고 있다면 부디 용기를 내길 바란다. 나이 듦을 창피하게 여기거나 나이 탓 또한 하지 않길 바란다. 개중에 나이가 많다고 죄 지은 사람 마냥 매번 기 죽을 필요는 없다. 나이와 상관없이 시대의 흐름에 유연하게 잘 합류하는 사람이 되면 된다. 연륜이 주는 노련함을 적절하게 사용해서 젊은 층보다 상한가를 누리는 사람도 많으니 말이다. 나이와 상관없이 누구에게나 새로운 내일이 주워지는 것은 참 감사한 일이다.

진작에 할 걸

그랬어

체력이 그리 좋지 않아 운동과 오랫동안 담을 쌓고 살았다. 막상 운동을 하면 몸도 마음도 상쾌해진다는 것을 알지만 따뜻한 이불을 박차고 나오기란 쉽지 않았다. 또 당장 해야 할 일을 미뤄두고 운동을 한다는 것이 썩 합리적이지 않아 보였다. 학창 시절 100미터 달리기 기록 24초, 윗몸 일으키기 총 15개, 턱걸이는 발 아래 의자를 빼자마자 내려와 초시계를 누를 수도 없었다.

'운동은 나와 맞지 않는다.' '나는 선천적으로 운동을 잘할 수 없는 몸이다.'라는 인식이 내면에 깊게 잠재하고 있었다.

하지만 숨 쉬고 밥 먹는 것처럼 운동 하나쯤 하는 것은 당연한 나라, 아이들을 선행학습이 아닌 농구 수업에 보내는 것을 더 중요하게 여기는 부모들이 사는 미국 땅에 있다 보니 생각이 달라졌다. 뛰어난 운동선수까지는 아니더라도 어느 정도 나의 한계를 극복해보고자 하는 의욕이 생겼다. 자연스럽게 분위기를 타서 운동에 입문했다. 의도한 것은 아니지만 차가 없던 시절 여기저기를 걸어 다니다 보니 체력이 강해졌다. 가랑비에 옷이 젖듯 이제는 두세 시간쯤 거뜬히 걸을 수 있다. 어느새 버킷 리스트 중에 하나가 철인 3종 경기에 출전하는 것이 되었다. 인간은 영혼과 동시에 육체를 갖고 있다.

스트레스를 받는다는 것은 다른 말로 영혼에 필요 이상의 많은 무게가 실린다는 말이다. 나는 예민하고 생각을 많이 해서 고민에 눌려 있는 경우가 많다. 종종 스트레스가 내 삶의 영역에서 주인 행세를 한다. 그럴 때 운동으로 육체를 고단하게 만든다. 운동할 때 뇌에서 엔돌핀이 분비되면 갑자기 뛸 듯이 기쁜 환각 상태를 느끼는 것은 아니지만, 어느 정도의 감정 전환을 경험한다. 걱정 근심거리를 잡고 늘어진다고 절대 문제가 해결되지 않는다. 정신적으로 유기하는 연습을 해야 한다. 아예 신경을 안 쓰는 것이 아니라 적정 수준으로 고민하되 정신적으로 수용 가능한 한도를 넘어가는 경우에는 유기해 버려야 한다. 그리고 다른 것에 집중하고 성공적인 혹은 긍정적인 결과를 만들어낸다. 그러면 우리 뇌는 약간의 흥분 상태에 들어가서 또 다른 성공을 해내고 싶어 한다. 그 모드에 진입해서 문제를 다시 마주할 때 내가 문제보다 더 힘이 세져 있다. 그때는 상황의 주도권을 내가 갖게 된다.

역시 시작이 반이다. 나머지 반은 시작이 만들어준다. 그리고 경험은 최고의 선생이다. 남의 선생은 내 선생만 못하다.

나의
무한 도전기

페이스북 창업자 마크 저커버그는 다니던 학교에서 쓰던 인명록을 보고 영감을 받아 페이스북Facebook을 창업했다. 저커버그가 학교를 다닐 때에는 인터넷 기술이 오늘날처럼 발달하지 않았다. 학교에서 학기 초에 학생들의 인적사항과 사진이 담긴 책을 학생들에게 나눠줬다. 친구들의 얼굴이 함께 실린 책이라고 해서 다들 페이스북이라고 불렀다. 받은 영감에 기술을 입혔다. 그의 평범한 실행이 비범함이 되었다.

반대로 나는 IT 기술에 대해 거의 아는 바가 없는 인문학도로서 어느 날부터 실리콘밸리 지역의 기술, 투자 관련 통역사가 되었다. 기업이 미래를 좌우할 수 있는 피칭까지 맡게 되었다. 정치인을 한 번도 가까이해본 일이 없던 평범한 소시민이 강연이나 국제 행사에 참석하는 정치인들을 수행하며 통역했다. 천문학적 액수의 투자에 대한 면담을 초근접 거리에서 가능케 했다. 쉽게 접할 수 없는 정보와 향후의 정책을 미리 접한 뒤 세상을 더 넓고 크게 보기 시작했다. 사람들이 한 번씩 묻는다.

"어떻게 그런 영향력을 가진 사람을 만나고 통역하게 됐어요?"

그럴 때마다 있는 척 허세를 부리며 스펙 관리의 노하우를 줄줄이 나열하고픈데 사실 그런 경우는 거의 없었다. 두툼한 밑천 없이 늘 위태로운 상황 속에서 최선인지 차선 인지도 모르고 당장 손에 돈을 쥐여주는 일을 해야 했기에.

애초에 원하는 바를 바라보며 필요한 것 위주로 차근차근 준비해 나가는 스펙 관리의 개념 자체가 내게는 사치였다. 솔직히 먹고 살기 위해 발버둥친 생존 투쟁의 기억밖엔 없다. 그러다 보니 그 나이대에 누려야 할 고유한 것들을 맛보지 못하고 지나치는 설움에도 꽤 무디었다. 그래도 누가 물어보면 그 순간만큼이라도 좋은 환경에서 곱게 자란 남의 집 귀한 딸 행사를 하고 싶었나 보다. 남다른 엘리트 코스를 밟은 척 대충 얼버무리려 해도 거짓말을 하면 심장 박동이 솟구치고 얼굴이 달아올라 말을 더듬게 되는 성향이 있다. 그럴 땐 오히려 상대를 더 높이는 겸손을 방패 삼아 슬며시 대화의 주제를 바꿔놓는다. 뭘 해 먹고 살아야 하는지 고민하다가도 배운 게 도둑질이라고 언어 구사력을 요하는 직업 위주로 연이 닿았던 것뿐이다.

주로 예기치 못한 상황에 여러 가지 일을 감당해야 했던 나는 늘 새로운 도전과 과제 앞에 적어도 며칠은 주눅 들어 있었다. 동시에 성과를 내야 했기에 주눅드는 것과는 별개로 실행력을 발휘했다. 필요한 정보들을 미리 수집하고 의뢰인의 입장에서 몰입했다. 전공 분야와 거리가 멀어 난감해도 당장 돈이 필요하니 밤을 새서라도 업무를 공부하고 숙지했다.

하지만 이런 과정이 무한 반복되다 보니 어느새 새로운 일에 직면하는 자세가 달라졌다. 모르는 분야라는 사실이 주는 무게감과 공포감이 언제부턴가 크게 갑질을 하지 않았다. 그러거나 말거나 주눅들지 않고 관련 자료를 수집하기 시작했다. 지가 어려워 봤자 날 잡아먹을 것도 아니고, 두둑한 배짱이 생겼다.

어떤 분야든 간단한 소책자를 훑듯이 가벼운 마음으로 커피 한 잔을 즐기며 입문했다. 새로운 기회와 업무는 매번 돈을 주고 실습까지 시켜주는 무료 직업학교라고 여기기 시작했다. 이렇게 불안과 공포를 좌절시키고 나면 두려움이 동기가 되어 겁에 질려 행동하던 사람에서 과정 속의 고유한 암묵적 요소를 몸소 체득하는 사람이 되었다. 나의 다양한 경험과 지식이 유기체로 연결되어 내 안에 더 큰 그림으로 확장되었기 때문이다. 이제는 선뜻 나설 자신이 없어도 머뭇거리지 않는다. 곧바로 실행하고 해결 방법을 찾는다. 관망하거나 결과를 지레짐작해서 심적으로 주눅들어 있는 시간을 단축한다. 오히려 그 시간을 나중에 결과를 수정하거나 업그레이드하는 시간으로 활용한다.

오랜 시간 학생들을 가르쳤기에 벤처 투자자들에게 기업에 대해 알기 쉽게 설명하는 피칭을 할 수 있었다. 나중에 알고 보니 거액의 투자를 이끌어내는 것은 투자자들의 마음을 움직이는 스토리텔링 피칭이었다. 샴푸 가게 아르바이트 시절에는 주로 스페인어를 쓰는 손님들이 주고객이었기에 스페인어에 도전했다. 장사가 안 될 때는 밖에 나가서 세일을 외치며 스페인어로 호객 행위를 했다. 시간이 지날수록 내 안에 축적된 다양한 언어와 문화의 빅데이터로 인해 더 광범위한 세계관을 확보했다. 모름에서 비롯된 편견에서 객관적이고 유연한 이해로 모든 인종의 사람들과 자연스럽게 어울릴 수 있었다. 통역도 마찬가지다. 기계적인 통역이 아닌 전체적인 상황을 아우르는 적절한 어휘 선택으로 비교적 매끄러운 통역을 했다. 게다가 평소 타인을 기쁘게 하려는 기본적인 심리적 욕구가 있었기에 주로 화기애애한 분위기 속에서 회의가 진행되었다. 이렇게 개똥도 약에 쓰려니 쓸모가 있었다. 막연한 꿈의 실현보다는 꿈의 자리가 맡겨주는 과업을 감당하기에 적절한 성숙에 이른 것이다.

그 후 예상치도 못한 많은 기회가 문을 두드렸다. 경험을 통해 축적된 내 안의 빅데이터들이 효자 노릇을 했다. 모든 것의 연관성에 대해 관심이 많아졌고, 그 속에 실제로 숨겨진 규칙들을 하나하나 찾아내기 시작했기 때문이다. 때로는 새로운 것에 접목하여 예기치 않은 플러스알파의 성과를 냈다. 다시 말하면 예기치 못한 일들을 감당했던 시간 덕분에 예전과는 확연히 다른 삶이 시작되었다고도 말할 수 있다. 부족하지만 여러 가지 일을 했기에 매일 꿈꾸던 일도 업이 되면 결국 환상이 깨진다는 것도 몸소 체험했다. 모두가 선망하는 자리에 있는 사람들의 부질없는 한숨과 씁쓸한 뒷모습까지 봤다. 유명 정치인 저명한 학자 성공한 기업가들을 만나보았다. 화려한 타이틀 이면의 실상은 당사자만 안다. 오늘의 평범함을 온전히 품고 사랑할 수 있게 되었다.

언어의 장벽을 넘어
(또 다른 언어)

A different language is a different vision of life.

다른 언어는 삶의 다른 시야다. - 페데리코 펠리니

제2의

자아

외국어를 알지 못하면 모국어의 범위 내에서만 세상을 보게 된다. 문자적인 해석만 가능하다면 지극히 한국적인 맥락 속에서 세상을 이해할 수밖에 없다. 번역된 글에 의지한다 해도 원어만이 낼 수 있는 원음을 놓치기 때문이다. 외국어를 구사하는 것은 더 넓은 세계를 보는 것과 동시에 또 다른 개별적인 자아를 확보하는 것이다.

특히나 영어를 모국어로 사용하는 나라들은 대부분 문명의 발전에 크게 이바지한 선진국이다. 그들과 같은 언어를 사용한다는 것은 그들의 선진적인 마인드와 그 결과물에 내 자신을 포개어 볼 수 있는 기회이자 특권이다.

오랜 시간 영어를 사용하다 보면 언어만 구사하게 되는 것이 아니다. 사고방식과 행동거지와 표정이 바뀐다. 영어로 내면과 외면이 합일되면 그때서야 진짜 영어를 잘하는 사람이 된다. 서양의 이성주의와 동양의 온정주의를 자유자재로 끄집어내 쓸 수 있다. 영어를 잘 구사한 다는 것은 지적 능력이기보다는 반복해서 많이 쓴 결과다. 그래서 본인의 실력과는 무관하게 무조건 유창하게 구사하는 모습을 보여야 한다는 압박감에서 빨리 벗어날수록 유리하다.

서양의 근본적인 가치관이 Justice & Guilt(정의로운가 아닌가)라면 동양의 근본적인 가치관은 Honor & Shame(칭송 받을 만 한가 아닌가)이다. 나의 영어를 듣고 있는 외국인은 남에게 보이는 바를 중시하는 한국인과는 다르다. 익숙하지 않은 무언가에 도전한 학습자의 용기와 노력 자체를 높이 산다.

외국인의 입장에서 영어를 익히고 구사하는 것이 얼마나 어려울지 공감하며 많은 경우 관대한 마음으로 듣는다. 과도한 긴장은 상대를 오히려 불편하게 만들 뿐이다.

안 되는
진짜 이유

영어를 가르치다 보면 안타까울 때가 많다. 대부분의 학습자들이 언어의 장벽을 넘어 내가 진정 하고자 하는 일이 무엇인지 명확하지 않다. 시험이 목표인 학생들은 시험 통과 후 소통문제 로 인해 원점으로 되돌아온다.

심한 경우 별다른 이유없이 남들 앞에서 유창한 영어실력을 뽐내는 자신을 보이고 싶은 것이 전부인 사람들도 있다. 대화 속 앞뒤 맥락과는 관계 없이 영어 단어를 남발하며 자신의 지적 수준을 상대에게 어필하려는 사람도 많다. 타인으로부터 오는 인정과 칭찬이라는 얄팍한 목적은 그 후에 있을 환난을 견디게 해주지 못한다. 그래서 대부분 어중간한 상태에서 포기해 버리고 만다.

그 중에서 가장 안타까운 이유는 따로 있다. 영어를 모국어로 쓰는 사람들의 삶과 사고방식을 배재하고 표피적인 언어만 익히려고 하는 태도다. 그런 식의 공부는 뭔가 겉도는 식의 소통만 잠시 가능하다. 상대와의 관계형성과 관계 지속이 되지 않는다. 상대의 성향을 알지 못한 채로 연애를 할 수 없는 것처럼 영어의 성질을 모르면 늘 헛 다리만 짊게 될 뿐이다.

나는 왜
작아지는가

언어와는 별개로 인종차별의 구체적인 사례들을 질문하는 사람이 많다. 동양인이라고 무시당할까 봐 지레 겁을 먹고 염려한다. 염려하는 이유가 따로 있다. 인종의 범위 이전에 사람을 차별하는 문화권에서 살아왔기 때문이다.

한국에는 아직 폐지되지 않은 타문화권의 신분제처럼 암묵적인 계층 차별이 엄연히 존재한다. 평등이 기본값인 21세기에 아직 사람 차별이 유독 심한 나라다. 학교에서부터 일련의 차별 경험을 하게 된다. 중점을 맞추는 교육 내용에 따라 인문계와 실업계로 나뉠 뿐이지만, 막상 누군가가 실업계 학교를 나왔다고 하면 선입견을 갖고 암울한 미래를 점치기도 한다. 누군가가 고졸이라 하면 순간 숙연 해진다. 대학교도 4년제, 전문대, 지방대 등 개인의 전공 분야보다 대학 간판의 이미지를 자동적으로 떠올린다. 그 이미지에 따라 취업 여부와 결혼의 용이성을 운운한다. 다니는 직장과 사는 동네도 마찬가지다. 고유의 각인된 이미지에 따라 그 사람의 총체적인 가치를 평가한다. 인종차별을 논하며 걱정하기 이전에 내적 세팅을 달리 하는 것이 먼저다. 어디를 가든 붙은 꼬리표대로 살지 않겠다고, 타인에게 꼬리표를 붙이지 않겠다고 작정해야 한다.

나는 유독 한국 사람을 가뭄에 콩 나듯 찾아볼 수 있는 외곽 지역에 오랫동안 정착해 살았다. 의도한 것은 아니다. 심한 경우 거주민들 중 동양인은 나 하나뿐이었다. 그러거나 말거나 내가 먼저 자신에게 당당하고 남을 차별하지 않으니 그들도 나를 차별하지 않았다. 나를 생김새가 다른 이방인으로 생각할지언정 하나의 인격체로 생각하고 존중해 주었다. 물론 상식 밖의 행동을 하는 사람도 있었다. 이미 그런 부류에겐 정신적 문제가 있어 같은 이웃들 사이에서도 비호감으로 낙인찍혀 있다. 그리고 개인의 세계관이 잘못되면 그에 따라 체계적으로 잘못된 추측을 나열하기 마련이다. 그런 경우는 사사건건 개인적으로 받아들일 필요가 없다. 상식 밖의 사람들은 동서고금을 막론하고 언제 어디에서나 존재하기 마련이다. 어디를 가든지 사람 사는 건 다 똑같다. 모습과 색깔은 다르지만 다 사람이기는 매한가지다. 기본 매너를 지키고 웃으며 배려하고 양보하면 어디를 가도 대우를 받는다. 나의 객관적인 정체성이 흔들리지 않는다면 무지한 이들이 저지르는 실수를 간과할 수 있다.

정서적 호환

몇 년 전 미국에서 영어가 불편한 한국 중년들이 미국인 교수들이 가르치는 세미나를 들을 수 있도록 통역을 해주는 일을 했다. 몇몇 주최 관계자들이 세미나에 관여하는 한국 사람들을 향해 불편한 심기를 드러냈다. 파란 눈에 금발을 한 이들에게 보이는 무한 친절함 이면에 같은 한국인에게는 전혀 그렇지 않은 이중적인 모습이 보는 사람들로 하여금 민망하게 했다. 한국 사람들은 금발에 파란 눈을 가진 외국인을 조건 없이 환대한다. 같은 한국 사람에게는 막말도 서슴지 않고 무시하는 반면, 외국인 특히 백인 앞에서는 한없이 작아진다. 민망하기 짝이 없을 만큼 명분이 없는 친절을 베푼다. 이런 대우를 받는 외국인들은 대개 당황 스러워한다. 누군가의 국적이나 외모가 옳고 그름 혹은 우등과 열등으로 가치 매겨지지 않는 미국 땅에서는 특히나 당황스러운 일이다. 누군가의 어떠함은 그 자신의 지문처럼 고유한 것이기에 고유의 가치로 매겨진다고 믿는다. 특히 상대의 나이, 성별, 계급에 따라 쓰는 언어와 대하는 태도가 달라지는 한국 문화를 아는 외국인들은 늘 관심을 가지고 주시한다. 차별이 늘 예민한 주제로 다뤄지는 이민자의 나라 미국에서는 상대의 어떠함에 따라 이중적인 태도를 취하는 것은 상식 밖의 일로 여겨지니까 말이다. 아니나 다를까 세미나 기간 동안 그 사람들은 그중 가장 나이가 어린 나를 사람들이 어떻게 대우하는지 유심히 지켜보고 있었다. 틈틈이 내게 와서는 적절한 시기에 세미나에 대해서 통보를 받았는지, 최소한의 기름값은 받고 오는 건지, 일이 너무 고되지는 않은 지 등 늘 배려하며 묻곤 했다. 얼마 후, 역으로 한국인들을 선망하는 외국인들과 함께 자리를 할 기회가 있었다. 그들에 비해 비교적 뽀얀 피부를 가진 한국인인 나에게는 무한한 친절을 베풀었다. 내 옆에 와서는 자신들이 연마한 한국어 실력을 자랑하고, 자신들이 얼마나 한국음식과 문화를 사랑하는지 연거푸 강조했다. 하지만 자기네끼리 대화할 때는 다소 무례하고 격이 없었다. 왠지 이유 모를 당황스러움은 지난 세미나의 기억을 연상시켰다. 그때서야 깨달았다. 삶이 먼저여야만 한다고. 호환이 되지 않는 정서로 말만 통해서 무슨 소용이 있을까. 그들의 의식을 가지고 먼저 한번 살아보자.

문을 열고 지나갈 때 뒷사람도 들어올 수 있도록 조금만 여유 있게 들어서서 끝까지 문을 잡아주자. 옆 사람과 나도 모르게 부딪히면 "실례합니다." "죄송합니다."라고 해보자. 오랜만에 만난 사람에게 "왜 이렇게 살이 쪘어." "살 빠졌네."라며 외모 비평으로 맞아주기보다는 그동안 잘 있었냐고, 오랜만에 봐서 기쁘다고 해보자. 평소에 아는 사람을 만나면 어디 가냐고 밥은 먹었냐고 묻는 것도 좋지만, 그 전에 오늘은 내적인 상태가 어떤지 물어보자.

한국에서는 칭찬과 험담을 면전보다 뒤에서 하는 경향이 있다. 하지만 영어를 모국어로 사용하는 사람들은 모두가 인지할 수 있도록 적극적이고 구체적인 칭찬을 바로 그 자리에서 한다. 한국 정서상 타인의 정당한 칭찬을 "아니에요!"라고 부정하는 것이 미덕이다. 칭찬하는 사람 면전에서 그렇다고 인정을 하거나 고맙다고 해버리면 철없는 팔불출처럼 보이기 십상이다.

"옷이 잘 어울리네요." "아이쿠, 아닙니다."

"얼굴이 좋아 보이네요." "아니, 얼굴이 좋긴요, 오늘따라 얼굴이 부어있는 걸요."

"정말 잘 하셨어요." "아니예요. 너무 못해서 걱정이 되네요." 이렇게 매번 부정적으로 반응하면 상대는 더 이상 말을 못한다. 이렇게 부정성 위주의 화법을 구사하면 상대가 자신에게 비호감을 표현하는 줄 알고 착각할 수도 있다. 그냥 "Thank you! 고맙습니다." 한마디면 족하다. 상황을 가리지 않고 의도적으로 나를 낮추는 것이 겸손이 아니다. 지나친 겸손과 사양은 상대에게 부담만 얹어줄 뿐이다. 상대의 피드백을 있는 그대로 받아들이고 진심으로 감사하는 것이 진정한 겸손이다. 칭찬을 하는 것도 호의를 베푸는 것이다. 굳이 호의를 겸손을 가장한 반박으로 끝맺을 필요는 없다.

외국영화를 보더라도 재미 요소 외에 우리와 다른 문화와 사고방식을 눈여겨보자. 솔직히 언어는 그후에 해도 늦지 않다. 오히려 정서를 이해하고 삶으로 먼저 실현할 때 비로소 언어가 자연스럽게 스민다. 이질적인 의식과 막연한 언어만의 습득은 물과 기름처럼 공존하나 늘 분리된다. 언어적 지식이 아무리 많다 해도 상황에 적절하게 대처하지 못할뿐더러 늘 이방인의 대우를 받을 수밖에 없다. 그러기엔 여태까지 노력해 온 것이 아깝지 않은가.

정신적
유연성

내가 살던 샌프란시스코의 하루에는 사계절의 날씨가 골고루 녹아 있었다. 그래서 적응하는 데 꽤 오랜 시간이 걸렸다. 늘 옷장에는 사시사철의 옷을 한꺼번에 걸어 놓아야 했다. 아침 공기가 꽤 쌀쌀하다가 낮에는 한여름 날씨로 변했다. 민소매를 꺼내서 입고 싶을 만큼 덥다가 저녁에는 은근히 뼛속까지 스미는 한기를 느꼈다. 전 세계에서 온 이민자들이 모여 사는 곳이니 날씨에 따른 체감 온도 또한 가지각색이었다. 따뜻한 아프리카나 중동에서 온 사람들은 주로 긴 소매 옷에 두툼한 외투를 입고 다녔고, 늘 후텁지근한 남부에서 온 사람들은 주로 민소매를 입고 다녔다. 한 날 한시에도 각 계절의 다양한 옷차림을 한 사람들이 동시에 거리를 지나다녔다.

타국 생활은 늘 새로운 것을 받아들이고 익히는 정신적 유연성을 필요로 한다. 다양한 인종, 종교, 문화권의 사람들과 같은 땅에서 살아가다 보면 내게 익숙치 않은 행동과 사고방식을 관찰하게 된다. 특정 고정관념과 편견에 사로잡혀 있는 이상 이민자 다문화 사회에서 도태될 뿐이다. 낯선 문화를 이해하기 위해서는 타인의 환경과 생활을 유심히 살피는 것이 중요하다. 그래도 나에게는 꽤나 새롭게 다가왔던 현지 문화와 많은 에피소드가 있었다.

가끔씩 외국인 친구들 결혼식에 초대받아 가면 색다른 경험을 했다. 여태껏 내가 본 타문화권의 결혼식은 말 그대로 행복 그 자체였다. 그들은 결혼식 자체를 하객들의 기대치에 맞춰 갈등과 고뇌 속에 계획하지 않는다. 축의금을 담보로 한 품앗이 개념이기보다는 부부가 일생일대의 귀빈들을 온전히 대접하는 자리다. 그래서 초대를 받는 그 자체만으로도 엄청난 영광이다. 그래서인지 주체 측의 자유와 기쁨 그리고 하객들의 진심 어린 축하가 결혼식 내내 빛을 발한다. 실질적으로 친분 없는 사람이 예기치 못한 청첩장을 받고 애매한 마음으로 고민하는 일이 없다. 장기 투자의 개념으로 축의금을 계좌이체로 해결하고 끝내 결혼식에 가지 않는 경우는 세계 기행 수준의 민담으로 들을 일이다. 부부의 사회적 입지와 하객의 숫자는 전혀 상관이 없기에 스몰 웨딩을 선호한다. 부부와 많은 추억을 공유하는 소수만 초대해 소박하게 치르기에 준비 과정에서 스트레스를 받거나 파혼하는 경우가 없다. 선물을 하려는 하객들은 주방 도구나 식기류 같은 꼭 필요한 살림 도구로 성의를 표한다. 오히려 축의금의 개념으로 현금을 주면 왠지 성의 없게 느껴지기도 한다. 부부의 실질적인 신혼 생활에 대해 깊게 생각하지 않은 것 같은 소홀함이 느껴진다.

급히 사진 찍고 밥을 먹고 인사하는 대신에 넉넉하게 시간을 잡는다. 하객들도 그날 하루를 비워 둔다. 신랑과 신부의 가장 친한 친구들이 들러리로서 함께 식을 빛내준다. 피로연 때 신랑 신부와 함께한 추억을 토크쇼 형식으로 나누고 천천히 저녁 만찬을 즐긴다. 해가 지고 난 후까지 댄스파티가 계속된다.

동네 친구였던 제니는 얼마 전 다른 여성과 결혼식을 올렸다. 짧게 자른 머리에 턱시도를 입고 있던 결혼식 사진 속의 제니는 둘 사이에서 남자 역할을 맡고 있는 듯했다.

특히 샌프란시스코에서는 동성애를 상징하는 무지개 깃발을 심심치 않게 본다. 성 소수자들의 인권과 존엄성을 외치는 상징적인 곳이기 때문이다. 내로라하는 미국 기업들이 성 소수자 퍼레이드를 지원하고 장려한다. 공항에 내리자마자 무지개 색깔의 공항 셔틀버스, 터널 입구, 건물이 즐비하다. 내가 자주 가는 식당과 커피숍 화장실 표지판에는 바지를 입은 남성, 치마를 입은 여성, 그리고 한 쪽 다리는 바지를 나머지 한쪽 다리는 치마를 걸친 제3의 성을 가진 누군가가 함께 서 있다. 초등학교 선생님인 지인에 의하면 자기 반 학생의 학부모 중 한 명은 저번 학기까지만 해도 분명히 아빠였는데, 이번 학기에는 엄마가 되어 돌아왔다고 했다. 그렇다. 그 아이에게는 이제 엄마가 둘이다. 동성애를 지지하는 신학교에서 동성애자 목사와 전도사가 배출되기도 한다. 운전 중 목격한 길을 건너던 행인은 실오라기 하나 걸치지 않은 전신 나체로 산책을 나왔다. 나중에 알고 보니 성性의 개념을 고정관념 속에 밀어넣지 말라는 암묵의 일인 시위였다. 믿을 수 없는 광경에 입이 쩍 벌어진 채로 할 말을 잃은 나는 신호가 초록색으로 바뀌고 나서도 한참을 움직일 수가 없었다. 그 일이 있은 후 우연히 생긴 헬스클럽 초대권으로 지인과 함께 운동하러 갔다. 입장하기 전 개인정보를 기입하는 과정에서 성별을 체크하는 항목이 있었다. 꽤나 오랜 시간이 걸렸다. 총 일곱 가지 성별 항목이 있었기 때문이다.

①남자

②여자

③트랜스젠더 남자

④트랜스젠더 여자

⑤심리적으로 여자(하지만 남자)

⑥심리적으로 남자(하지만 여자)

⑦잘 모르겠다

태어나서 처음 본 총 일곱 개의 성별 항목이었다.

다양성 증진의 가치관이 명확한 미국에서는 그 일환으로 다양한 성 정체성을 존중한다. LGBTQ(lesbian 여성 동성애자, gay 남성 동성애자, bisexual 이성애자, transgender 성전환자, queer 성 소수자)라는 용어가 따로 있다.

종교도 마찬가지다. 한 쇼핑 매장에서는 '메리 크리스마스!' 현수막을 벽에 걸었다가 고소를 당했다. '크리스마스'라는 단어 자체가 기독교적인 어원을 가졌기에 종교 차별이라고 지적하며 소송을 걸었던 것이다. 당장 현수막을 내리든지 아니면 문구를 'Happy Holiday'로 바꿀 것을 요구했다.

음식의 다양성도 가지각색이다. 인도계 친구들과 밥을 먹으러 가면 소고기 메뉴는 꿈도 못 꾼다. 인도인들의 대다수는 힌두교도다. 소를 신성시하기 때문에 소고기를 절대 먹지 않는다. 유대인과 이슬람 교도는 그들의 경전에 의해 돼지고기를 금기시한다. 유대인 친구들은 유대 경전인 토라에 명시된 대로 제조한 코셔 음식을 파는 식료품점에서 장을 본다. 이슬람 친구들은 이슬람 경전인 쿠란과 이슬람 사전인 하디스의 가르침을 반영한 할랄 음식을 파는 식료품점에서 장을 본다. 그래서 다수가 함께 식사를 하는 경우에는 모두가 먹을 수 있는 채소 샐러드, 닭고기, 조리된 생선 위주로 메뉴를 정한다. 한국 사람들은 김치를 비롯한 고춧가루를 넣은 매운 음식 위주로 먹는다는 인식이 있다. 외국인들에게 감지되는 한국인 특유의 냄새는 마늘 향이다. 외국에서는 강한 향신료로서 마늘 특유의 향을 살릴 때만 익혀서 사용한다. 생마늘을 먹는다는 것은 감히 상상조차 할 수 없는 일이다. 하지만 내가 매일 먹는 반찬과 국에는 거의 매번 마늘을 사용한다. 그렇다. 내게는 너무나도 익숙하고 당연한 그 무언 가가 타인에게는 강렬한 인상으로 남는다.

흑인에 대한 잘못된 편견도 꽤 많다. 한번은 아주 재미있는 경험을 했다. 에티오피아계 흑인 친구와 화장품 가게에서 종업원으로 일하던 때였다. 한국 손님이 들어오더니 썬크림을 추천해 달라고 했다. 나는 아직 제품들에 대해 잘 모르는 새내기였기에 흑인 친구가 열심히 제품 설명을 하기 시작했다. 고참인 친구가 다양한 제품에 대한 세세한 설명을 하는 모습에 나는 감탄을 하고 듣고 있었다. 하지만 손님은 의아한 표정을 하며 설명에 집중하고 있지 않은 듯했다. 결국 친구는 "내가 비록 흑인이지만 누구 못지 않게 피부관리를 한다."고 친절하게 알려주었다. 친구는 그렇게 손님의 무언의 물음에 답해야 했다. 그렇다. 실제로 흑인들은 피부 건강에 세심하게 신경 쓴다. 파운데이션도 자기만의 피부 톤에 맞춰서 구입하고 주름 관리도 꼼꼼히 한다. 그들만의 고유한 '미'는 엄연히 존재한다. 다만 우리가 간과하고 지나칠 뿐이다.

펀드와 벤처 캐피탈 기업인 비스타 에쿼티 파트너스의 창업자 로버트 스미스는 흑인 남성이다. 그는 대학교 졸업 축사 도중 졸업생 396명의 학자금 빚을 전부 갚아주겠다고 했다. 졸업생들의 버스에 주유를 해주고 싶다며 약 500억

원을 쾌척했다. 학위는 혼자만의 힘으로 따는 것이 아니니 앞으로 있을 졸업생들의 성공과 재능을 사회에 환원해 달라고 당부했다. 이렇게 흑인들은 더이상 범죄자나 사회 하층민의 상징이 아니다. 동서고금을 막론하고 사람에 대한 고정관념과 편견을 표출하는 순간 큰코다친다.

무엇을 하는 것(Doing)보다 되는 것(Being)이 더 중요하다. 정신적 유연성을 가지고 국경이 없는 국제 사회에서 국제 시민이 되는 것이 먼저다. 그 의식을 갖고 사는 것이 먼저다. 나의 배경, 실력, 경험, 신념보다 당장 세계인들과 공유해야 할 현재가 우선이기 때문이다. 타인들과 공유하는 현실이 매끄러울수록 그 속의 언어가 더 빛을 발하기 마련이다.

악순환의 고리와
선순환의 고리

최근 영어 교육계에도 강사들이 톱스타급의 인기를 얻고 무한 신뢰를 받고 있다. 하지만 몇몇은 진정성과 실력보다는 자신의 스토리를 내세우며 학생들의 영어를 책임져 주겠다고 한다. 솔직히 내가 직접 만나본 자칭 타칭 영어 멘토라는 사람들 중에 학습자들을 진정으로 생각하는 사람들은 극소수다. 대부분 자신의 성과를 지나치게 부풀리는가 하면 자신이 고생한 경험을 지나치게 과장하여 반복한다. 이렇게 이성보다는 감성을 자극해서 학습자들의 열정과 충성심을 본인의 인지도를 높이는 데 이용한다. 학생들이 어려움을 겪는 부분에 대해서 맥을 짚고 있지 못할뿐더러 늘 개인 브랜딩 전략에 몰두해 있다. 슬프게도 요즘은 실력보다 홍보를 잘하는 사람이 더 성공하는 시대다. 이런 원리를 이용해 자기 브랜드만 확실히 입지를 굳히고 돈을 벌면 그만이다,라는 식의 스타 강사가 많다. 유튜브에서도 마찬가지다. 자극적인 썸네일 문구의 영상으로 클릭과 구독을 유도하지만, 실제 내용은 썸네일 문구만 못하다. 학습자에게 적절한 도움을 주기 위해 학습자들의 문제를 파악하는 데 충분한 노력과 시간을 할애하지 않기 때문이다.

언어의 장벽을 뛰어넘어 더 큰 세계로 진입하는 역사적이고 숭고한 일을 남이 대신해줄 수 없다. 강사들은 중간에 코치로서 역할을 하는 것이지 맹목적인 신뢰를 할 대상은 못 된다. 오히려 내가 속한 분야에서 리더로서 영향력을 주는 것을 연습해보는 것이 더 좋다. '나도 뭔가 줄 것이 있는 사람이구나.'라는 확증을 자신에게 얻어내야 한다. 자신의 높은 가치를 직접 체감한 적이 없기 때문에 외국인 앞에서 한없이 작아지고 새로운 것을 배우는 것 자체도 부담스럽다. 어느 정도의 언어적 지식을 연마했다면 내 자신을 의자 위에만 앉혀 두지 말고 영어를 내뱉을 수밖에 없는 상황으로 나를 놓아주어야 한다. 서양인들은 독립적이고 적극적인 정서를 갖고 있기에 자신감 넘치는 사람에게 호감을 갖는다. 우리가 생각하는 매력의 기준은 많은 경우 호감 형 외모와 화려한 스펙이다. 하지만 서구 사회에서 매력적인 상대로 보이는 사람은 대부분 자존감이 높고 주도적인 사람인 것을 명심해야 한다.

영어를 아주 잘하기 때문에 남들을 가르칠 권위자만 주도권을 잡고 시작하는 것은 아니다. 영어가 필요한 사람들끼리 모여 서로 공감하고 내가 확실히 알고 있는 부분을 가르쳐주는 것이 도움이 된다. 학습에서 늘 '수혜자'였던 사람들은 가르치는 것에 대한 거부감이 있다. 다시 말해서 내 안에 있는 것을 끄집어내는 데 익숙하지 않다는 것이다. 어릴 때부터 답을 외우는 식의 학습과 시험으로 평가되기 때문이다.

미국 대학원 시절 대부분 아시아권 유학생들은 중간 점검 객관식 시험에는 강했으나 자신만의 의견을 발표하는 토론식 수업과 리포트 작성에는 매우 취약했다. 자신을 최대한 절제하는 겸손을 미덕으로 여기는 정서 때문에 수업 중 질문이나 발표는 더더욱 어려웠다. 특히나 수업 중에 질문을 하는 것은 교수의 권위를 향한 도전으로 생각하기에 늘 상냥한 표정으로 받아 적기만 했다. 서양에서 답은 누군가가 만들어낸 개념이 아니라 서로 질문하고 소통하는 과정에서 도출해내는 것이라고 생각하기 때문에 질문하는 것 자체를 아주 중요하게 여긴다. 정답을 수용하는 사람보다 질문하는 사람이 내용의 전천후를 관통하는 진정한 배움을 얻기 때문이다. 질문質問은 한자 그대로 바탕에서 본질로 들어가는 문이다. 문을 통과한 학생들은 뭔가 달라도 한참 다르다. 질문을 넘어서 자신만의 생각으로 교수를 가르치길 노골적으로 원하는 교수들이 많다. 반대로 한국처럼 청출어람(제자가 스승보다 빼어남)을 꺼리는 문화권도 보기 드물다. 스승의 그림자도 밟으면 안 된다는 극단의 수직 구조 마인드 때문에 경계를 넘나드는 사고를 하기가 어렵다. 많은 경우 될성싶은 나무는 떡잎부터 밟히는 경우가 허다

하기 때문이다.

대학원 때 가장 인상에 남았던 노신사의 교수님은 본인에게 새로운 것을 가르치면 출석과 성적에 상관없이 A를 주겠다고 학기 첫날부터 약속하셨다. 신세계를 만난 격이었다. 통상적으로 수업 내내 한 번도 질문을 받지 못하면 교수는 약간의 자괴감을 느낀다. 본인의 강의가 흡족하지 않아 학생들이 집중해서 듣지 않고 그 결과 궁금한 것도 없는 것이라 생각하며 자책한다. 이것을 아는 미국 학생들은 질문이 딱히 없는 경우 예의상의 질문이라도 한다. 수업 내용에 기반해서 교수의 개인적인 생각이나 경험을 질문하는 등 최소한의 성의를 보인다. 교수들도 마찬가지로 질문을 많이 한다. 답을 하기 위해 끄집어내는 과정에서 배운 내용이 내면에 더 견고하게 각인된다는 것을 알기 때문이다. 몇몇 학생은 교수의 가르침에 정면 반박하며 다른사례 꼭 그렇지만은 않다고 다른 사례들을 읊어 댄다. 당황스러움은 옆 사람의 몫일 뿐이다. 오히려 그 계기로 두 사람은 각별한 스승과 제자가 된다. 원래 '학교'란 뜻의 영어 단어 school은 라틴어 'schola(스콜라)'에서 나왔다. 스콜라는 고대 그리스어 *σχολη*(스콜레)에서 나온 단어인데 원래 뜻은 여가, 휴식이다. 고대 그리스인들은 여가 시간과 휴식 중에도 밥 먹듯이 토론과 논쟁과 강의를 즐겼다. 그래서 스콜레는 토론, 논쟁, 강의가 이뤄지는 장소인 학교로 의미가 굳혀졌다.

세계적인 천재들이 모여 혁신을 만들어내는 곳 실리콘밸리에서는 많은 회사가 랜덤 커피 제도를 실시한다. 개인의 역량 확장보다 랜덤(무작위)으로 만난 사람들과 인해 자연스러운 유대관계 형성을 장려한다. 잠시 커피 한 잔의 여유를 통해 타부서 사람들과 가볍게 어울리며 업무 피로를 푸는 동시에 기발한 아이디어를 얻는다. 알고 보면 가장 중요한 핵심 정보는 종종 무심코 주고받는 일상의 대화 속에 있기 때문이다. 하루는 페이스북 본사에서 일하는 친구의 초대를 받아 사옥을 직접 방문했다. 버스를 타고 이동해야 하는 수만 평의 부지에 독특한 구조의 건물들이 마냥 신기했다. 부서 사이에 휴식 공간 외에도 다양한 네트워킹을 장려하는 공간이 많았다. 재미있는 혹은 철학적인 문구들이 곳곳에 붙어 있었다. 복도가에 있는 화이트보드에는 직원들의 시시콜콜한 생각까지 다 적혀 있었다. 누군가가 깨알 같은 글씨로 '진정한 리더십이란?' 질문을 적어 놓았는데 그 밑에 어느 직원이 '향후에 리더 자신이 없어도 그대로 일이 유지되도록 해놓는 사람'이라고 답글을 달았다. 예기치 못한 배움의 순간이었다. 독특한 분위기의 서재가 곳곳에 있는가 하면 함께 탁구를 치고 손잡이 축구 게임을 할 수 있는 놀이 공간이 따로 배치되어 있었다. 이렇게 누군가의 방침을 일방적으로 수렴하는 수직 구조보다 수평적 유대 속 발전이 더 효율적이다.

예전에 일했던 미국 학교에서도 마찬가지였다. 한 학년 위의 멘토 학생들이 교실로 직접 와서 배정받은 멘티 반 아이들을 가르쳤다. 선생님과의 수업에서 배운 바를 동년배와 가장 근접한 한 학년 위의 학생들과 주고받으며 서로 익히는 형식이었다. 멘토 학생들은 티셔츠를 맞춰 입고 교실에 들어오곤 했는데 등 뒤에는 이런 문구가 새겨져 있었다. "Leader is the one who knows the way, shows the way and goes the way.(리더란 길을 알고 보여주며 함께 걸어가는 사람이다.)"

주위에 다양한 방법으로 영어를 함께 공부할 사람들을 만나 커뮤니티를 만들어가는 사람도 많다. 어떤 이들은 한국에 체류하고 있는 외국인이나 외국인 유학생들을 만나 일상을 나누며 교류한다. 요즘은 각종 교재, 영화 대본, 한국어 자막 정리 같은 학습 콘텐츠를 쉽게 구한다. 같은 목적을 가진 공동체와 체계를 만들어 실행해보는 것도 외국어와 별개로 인생에 꼭 필요한 능력이 아닐까. 그런 의미에서 굳이 외국연수나 유학만이 답은 아니다. 타국으로 이민을 했다고 해서 무조건 성공했다는 편견을 가지는 것 또한 성급한 일반화다. 유익함이 있는 동시에 남모를 고충도 많다.

내 안에 선순환의 사이클을 갖는 것이 더 중요하다. 어떤 환경에 처하든 상관없이 나만의 커리큘럼을 가동하는 것이다. 이것이 몸에 배면 나중에는 언어를 넘어 어느 분야든 스스로 알아갈 수 있다.

내면 성장으로서의 공부

배운 자만이 자유롭다.

\- 에픽테토스

공부의 본질

'공부'라는 단어는 장시간 책상에 앉아 영어 단어를 외우거나 수학 문제를 푸는 이미지를 떠오르게 한다. 책상 머리에서 쌓은 공부 머리는 사는 머리와 별개다. 진정한 공부는 앎과 삶을 동시에 품어야 한다. 공부는 나와 내가 속해 있는 세계에 대한 이질감을 하나하나 없애가는 과정이다. 그 과정 속에 학문과 이론이라는 명찰을 달고 있는 부담스러운 정보의 민낯을 보게 된다. 형식의 옷을 입은 지혜로운 사람들의 생각과 내 생각의 괴리를 관찰하고 원한다면 좁혀가는 과정이다. 알지 못해 먼 길을 돌아가야 하는 시간이 단축되고, 나의 오만과 편견으로 인한 잘못된 인식에서 해방되어 독립하는 것이다. 그 후 내가 속한 세계와 마침내 온전히 포개어진다. 두려움은 대부분 무지와 막연함에서 나온다. 앎을 축적할수록 미지의 영역은 해결의 영역일 뿐 더 이상 두려움과 불안의 영역이 아니다. 공부는 어쩌면 눌림에서 자유로 놓아주는 자신에게 줄 수 있는 최고 선물인지도 모른다.

마하트마 간디는 "가난은 최악의 폭력이다.(Poverty is the worst form of violence)"라고 말했다. 물질의 부재가 사람의 삶을 피폐하게 하듯 앎의 부재도 인생을 꽤나 힘들게 한다. 무지함은 늘 무방비 상태로 세상과 부딪히도록 부추긴다. 늘 자신의 오만과 편견과 손잡고 자신의 진가를 발하지 못하도록 만든다. 모든 문제에 일희일비하며 일일이 수고스러운 감정반응을 하게 만들어 정신적으로 탈진하게 만든다. 그에 따른 경로 이탈도 빈번하게 일어나기 마련이다. 알지 못함의 상태로 자신을 계속 방치하는 것은 자기 자신에게 휘두르는 폭력이다.

꿈과 희망의 자리엔 늘 과거의 답습이라는 괴물이 앉아있다. 궁극적으로는 나를 절망의 자리로 몰아넣고 헤어나오지 못하게 한다.

소크라테스가 '인생은 고해'라고 비유한 것은 아마 상황 속의 인간은 한없이 약하다는 것을 빈번히 느꼈기 때문이 아닐까. 우리의 선택지를 벗어난 상황과 환경은 끊임없이 우리에게 문제를 던져준다.

하지만 나는 한 가지를 깨달았다. 문제는 내가 더 힘이 세지도록 나에게 시간을 주고 있다는 것을. 문제가 단순히 나를 괴롭히며 짓누르려고 그 자리에 있는 것이 아니라는 것을. 늘 두려움에 눌려 편안함을 확보하려는 나에게 끊임없이 개입하여 두려움 혹은 안락의 자리를 박차고 더 큰 시야를 확보하여 더 큰 무대로 나올 수밖에 없도록 만들었으니까. 매번 내가 문제보다 힘이 세져서 문제를 뚫고 나가면 내 몸은 그것을 기억했다. 그것은 타인이 해줄 수 없었다. 시간과 공간이 해결해줄 수 없는 '스스로의 자각'만이 이것을 완성시켰다. 그때부터 현실의 속살을 볼 수 있는 눈이 생겼다. 고통의 질량만큼 문제를 새로운 방향성으로 변환해 버렸다. 장애물을 받아들이는 실력이 향상되었다. 움츠릴 때에는 나아질 때를 같이 준비하고, 순탄할 때는 여유로움 속에 동시에 위기를 내다본다. 큰 동요 없이 말이다. 내 인생의 어느 시기에 있든 상관없이 나만을 위한 교육 과정을 만들고 수행한다. 풍족 속에서 의도된 결핍을 만들어내기도 하고 결핍 속에서도 나만의 풍족을 누린다. 진리, 정의, 자유와 같은 형이상학적 고귀한 가치를 현실로 가져와 내 일상에 버무린다. 더 이상 인생은 고해가 아니다. 현장과 이론이 맞물려 가는 최고의 학교다.

> 세계는 여러분에게 가르침을 주는 스승입니다.
> 지구는 학교요, 우리네 인생은 교실입니다.
> 세계라는 학교엔 멀리 돌아가는 길도 있고 장애물도 있습니다.
> 앞으로 나아가려면 어떤 인생의 강의든 수강을 망설이지 마십시오.
> 가장 위대한 대학인 우주가 우리에게 제공하는 강의를 열심히 수강하십시오.
>
> \- 오프라 윈프리(스탠포드 대학 졸업식 축사)

그 촉매제가 바로 공부다. 절대 국영수나 선행학습의 차원이 아니다. 문제와 현상에 대해 객관적으로 인지하고 나의 정신적, 신체적 반응을 들여다보려는 적극적인 의지야

말로 진짜 공부다. 본질에 대한 탐구, 자각, 자기 성찰이 간과된다면 어떤 결과물이든지 일회성으로 끝나거나 오히려 결국에는 나에게 해롭게 작용한다.

이런 공부의 체질화와 내재화는 사륜구동 자동차와 같다. 이륜구동 자동차는 엔진의 힘이 앞 바퀴 두 개에만 전달되는 반면, 사륜구동은 엔진의 힘이 전체 네 바퀴에 다 전달되는 방식이다. 둘 다 아무 문제 없이 잘 달린다. 하지만 비포장 도로, 가파른 길, 빗길, 눈길에서는 이야기가 달라진다. 사륜구동 자동차는 모든 바퀴에 엔진의 힘이 가해지기 때문에 성능 면에서 이륜구동 자동차와는 감히 비교할 수가 없다. 우리 모두가 인생길이라는 험난한 길에서 행복 혹은 성공이라는 목적지를 향해 바쁘게 달려가고 있다. 공교롭게도 인생은 평지가 아니다. 어쩌면 우리 모두가 평지를 벗어났을 때를 위한 대처법을 무의식적으로 계속 찾고 있다. 시간이 날 때마다 독서를 하고, 선배와 상사의 조언을 구하고, 각 분야의 전문 지식을 쌓으러 강연을 들으러 다니는 사람들을 본다. 오랜 친구를 만나 수다를 떨다 가도 결국 모든 이야기는 자본주의 질서에 국한된 주제로 귀결된다. 아무리 숙련된 베테랑 운전자라도 빗길과 눈길 위에서 목적지까지 가는 것은 쉽지 않다. 이런 차원에서 공부는 건강한 자기애를 가진 사람만이 할 수 있는 것이다. 눌림에서 자유로 나오는 시간이 필요 이상으로 길어지거나 내적 소진이 필요이상으로 많이 발생되지 않도록 한다. 삶의 질을 높이는 장치다. 좋고 나쁨을 막론하고 그 안에 숨은 요소들을 찾아 수시로 끄집어내 쓸 수 있다.

텍스트로의
여행

여행은 '무채색과 같은 일상에 다른 색을 덧칠해준다.'고 한다. 나의 주된 삶의 영역을 벗어나 타인의 시간과 공간에 뛰어 들어가 본다는 것은 얼마나 값진 경험인지 모른다. 어떤 사람은 여행을 통해 쉼을 얻는다. 어떤 사람은 새로운 것을 깨닫는다. 어떤 사람은 자신의 삶의 자리를 더 그리워하며 원수진 사람과 화해하겠다고 마음먹는다.

반면 "가서 아무것도 안 하고 쉬다 올 거예요."라고 말하는 사람들을 보면 의아하기도 하지만 막상 가면 여행지가 아무것도 안 하고 쉬도록 놓아두지 않을 것이다. 이질적이지만 흥미로운 문화를 접하고 낯선 곳이 가져다주는 시야와 객관성은 큰 깨달음을 준다. 점차 나의 관점을 새롭게 하고 내가 처한 상황을 더 현명하게 관조하도록 도와준다. 나의 곤비한 육신까지 재충전된다. 명절 연휴를 떠나는 현실 도피성 여행이 아니라 나를 성장시키고 내면을 재정비하는 생산성 있는 여행이 유익하다. 가히 그 시간적, 경제적 비용을 치를 만하다. 하지만 현실적으로 늘 시간과 경제 여유가 있는 것은 아니다. 그렇기에 꼭 물리적으로 일상에서 내 몸을 떼어놓는 여행이 아니라 내적 동력을 얻을 수 있는 나만의 방법들을 고안하고자 했다. 새로운 시야를 확보하고 사유하는 눈을 가진 사람은 어딜 가든지 새로운 여행지다. 그중의 가장 가성비가 높은 여행지는 독서다. 16세기 프랑스 철학자이자 사상가인 미셸 드 몽테뉴는 "내가 우울한 생각의 공격을 받을 때 내 책에 달려가는 일처럼 도움이 되는 것은 없다. 책은 나를 빨아들이고 마음의 먹구름을 지워준다."라고 한다. 나 또한 종종 인생에 파도를 일으키는 상황과 등장인물들을 피해 텍스트 속으로 여행을 떠난다.

오래전 사람들은 모두 책을 '읽는다'라고 표현했다. 하지만 기술이 발달하면서 글보다는 이미지와 시각 디자인,

영상물로 대체된 후 '읽는다' 대신에 책을 '본다'라고 표현하기 시작했다. 이미지나 삽화를 책에 넣지 않던 시절 사람들에게 정말 생소하게 느껴질 표현이다. 내 모든 집중과 생각과 전인적인 존재를 텍스트에 온전히 이입하여 저자의 시간과 경험 속으로 거슬러 가본다. 나를 이탈하여 저자의 눈을 빌려 세상을 들여다본다. 그 속에는 내가 미처 알지 못한 삶의 지혜가 있으며 나의 아집과 경솔함으로 인해 미처 깨닫지 못한 진리가 구석구석 숨어있다. 가끔은 신기하게도 내가 어떠한 상황을 겪고 있는지, 어떤 처지에 있는지 귀신같이 알고 그에 걸맞는 위로를 건넨다. 마치 나를 위로하려고 쓰인 책처럼 말이다. 어떤 때는 부끄러울 만큼 나의 잘못된 관점과 삐뚤어진 견해를 지적하며 호통을 친다. 저자가 나를 미리 알고 혼내 주려고 쓴 책마냥 말이다. 저자가 늘 나의 일과를 지켜보며 피드백을 하고 있는 것만 같다.

이제는 성인들의 위대한 가르침 또한 내가 선 자리에 효력을 발휘하도록 가공해낼 수 있다. 그러기 위해서 가르침과는 별개로 나를 들여다보는 비중을 늘려가다 보니 어느새 자연스러워졌다. 그렇게 누군가의 경험과 지혜가 그대로 녹아 있는 신비의 공간에서 성장하며 내 삶 속으로 더 깊이 뿌리를 내린다. 책을 읽으면서 현실을 당장의 환경과 상황에 투여해서 보기보다는 정확한 지식을 투영해서 바라보게 되었기 때문이다. 책의 내용과 내면이 서로 화학작용을 일으켜 하루하루 더 나은 자신을 발견하게 되었다.

"어? 나도 되네! 이렇게 하면 되는 거구나!" 하고 무릎을 치게 되는 경험이 많아질수록 자동적으로 건강한 자존감이 형성된다. 슬프게도 우리가 살고있는 스마트한 세상은 우리를 덜 스마트하게 만든다. 온 갖 스마트 기기로 인해 새로운 정보가 필요하거나 새로운 분야에 대해 공부하고 싶을 때 포털 사이트나 개인 블로그에 떠도는 내용을 먼저 찾는다. 당연히 손가락을 몇 번 움직인 대가로 얻은 얄팍한 정보는 성급한 일반화와 증명되지 않은 사실이 대부분이다. 그 정도의 정보는 큰 해갈을 주지 못할뿐더러 오히려 잘못된 방향을 제시하기도 한다.

지속력
(꾸준함)

성공은 수확의 양이 아니라 매일 뿌리는
씨앗의 양으로 판단 되어야 한다. - 존 맥스웰

나의
기본 성향

박사과정에 있는 학생들 사이에서 통용되는 명언은 "똑똑한 사람보다는 버티는 사람이 끝까지 완주한다."이다. 실상 박사학위를 받는 사람들은 지적으로 뛰어난 것도 사실이지만 어마어마한 지구력의 소유자들이다. 얼마 전 사람의 유형을 판별하는 MBTI 적성검사를 받았다. 나는 10년 전이나 지금이나 한결같이 ENTP형의 발명가, 웅변가 형 인간이다. 그래서 그런지 진득이 오랜시간 한 자리에 앉아서 일을 하는 것이 내게는 큰 도전이다. 한번 구조를 파악하고 머릿속에 어느 정도 개념이 잡히면 그때부터 들여 다보기 싫어하는 성향을 갖고 있다. 사실 그때부터가 남들과 차별화되는 초격차를 만드는 시작점인데 어찌 된 일인지 매번 권태감이 든다. 회사 생활도 마찬가지였다. 이제 막 들어갔는데도 회사와 업무의 민낯을 재빠르게 파악하고 나면 취준생 시절의 갈급함은 온데간데없고 퇴직을 준비하는 퇴준생이 되어버렸다. 그리고 나는 전형적인 우뇌 형 인간이다. 분석과 치밀함을 담당하는 좌뇌보다 즉흥적으로 도전하고 느끼고 반응하는 우뇌가 발달되어 있어서 외부 환경에 쉽게 자극을 받는다. 의도된 지속성을 가지고 치밀함 속에 계획하는 훈련이 되어있지 않았기에 노력 대비 안타까운 결과 속에 허덕여야 했던 시간도 있었다. 그렇게 꾸준함은 내게 실존이 아닌 이미지로만 존재했다.

하지만 대중이나 카메라 앞에서 가르치는 일은 하루 종일 즐겁게 할 수 있다. 요즘 영어학습 동영상 강의를 촬영하고 있다. 어느 날 아무 무리 없이 하루에 열세 강의를 소화하는 내게 촬영 피디님께서 믿을 수 없다는 듯 말씀하셨다. "왠만한 베테랑 강사들마저도 하루에 열 강의를 넘기는 것을 버거워하는데, 역시 선생님은 촬영이 천직인가 봐요." 이렇듯 내게는 카메라와 대중 앞에 서는 것은 놀이이자 즐거움인 반면 그 외의 것들은 내적 소모를 일으킨다.

여느 때처럼 카메라를 끄고 글을 쓸 시간이 오면 내 안에 부담감이 묵직이 들어온다. 내가 기록한 수많은 글들이 책이라는 옷을 입고 독자들을 만나는 기쁨의 날까지 꾸준함이라는 친근하지 않은 누군가와 걷는 느낌이다. 늘 그렇듯 키보드에 손을 얹으면 매사에 특별한 순간을 지속적으로 기록하고 관리하는 습관을 들이지 못했던 자신에 대해 부끄러움을 느낀다. 정리, 꾸준함, 지속 이런 엘리트 부류의 단어들은 늘 나로 하여금 내적 수치심과 진퇴양난의 느낌 속에 허덕이게 만든다.

열정의
유효함

요즘 내가 하고 있는 일의 대부분은 의도적인 지속력을 필요로 한다. 의도적인 노력을 필요로 한다는 것은 내가 현재 지속하고자 하는 일에 능숙하지 못하다는 것이기도 하다. 현실을 받아들여야 하지만 너무나도 잘하고 싶은 나머지 마음만은 이미 정상에 가 있다. 그래서 현실과 이상의 괴리를 내 마음이 견뎌내지 못한다. 지금의 나의 열심과 내가 그리는 성공이 맞닿아 있지 않아 일상의 꾸준함이 방해를 받는다. 소위 성공했다고 인정을 받는 사람들 또한 묻어 두고만 싶은 처음과 중간 과정이 있게 마련이다. 하지만 많은 경우 성공의 결과를 누리는 영광의 장면들만 비춰진다. 그에 비해 지금의 나의 자리가 한없이 초라하게 보인다. 타인에게 받는 인정, 칭찬에 먼저 목말라 있어 본질이 흐려져 있을 때도 많다.

왠지 죽기 살기로 열심히 해도 성공은 나를 제외한 극소수의 몫인 것 같은 은근한 거절감을 느낀다. 내 노력의 대가에는 왠지 '다음 기회에'라고 적혀 있을 것 같아 묘하게 속는 느낌이 들어 싫다. 그래서 언젠가부터 속는 느낌을 역이용하기 시작했다. 이왕 속는 것 속는 셈 치고 하루 단위로만 열심히하기로 했다. 하루가 힘들면 단 몇 시간만이라도. 그러면서 내 자신에게 눈을 흘기지 않기로 했다.

"수많은 실패 이후라도 똑같은 질량의 열정을 갖고 있다면 그것이 진정한 성공이다"

- 윈스턴 처칠

성공의 결과치는 영원히 지속된다는 보장이 없다. 하지

만 성패와는 별개로 나의 열정은 영원히 유효하다. 그래서 나는 산전수전 우주전을 겪고도 다시 일어서는 것을 목표로 잡았다. 그런 의미에서 난 이미 성공했는지도 모른다.

한번만
더

늘 모든 일에 성공의 결과를 달라고 애걸하는 마음으로 임했다면 이제는 '여기, 내 인생에 대한 최소한의 매너를 지켜주겠다.'고 했다. 영원한 '을'에서 '갑'의 심정으로 너그러운 속음을 허락했다. 또 이왕에 속는 거라면 과정이라도 즐겁도록 장치를 걸어 놓았다. 그것은 바로 내가 사랑하는 사람들과 유익함을 공유하는 것이다. 장시간 글쓰기에만 몰두하는 것이 내게는 곤욕이지만, 내가 사랑하는 이들이 내 글을 읽고 위로와 힘을 얻는 것은 나로 하여금 어떠한 이유를 막론하고 완성을 향해 달려갈 수밖에 없도록 한다. 이 대가를 기꺼이 치르는 이유 또한 내가 사정상 독자들을 일일이 찾아갈 수가 없어서 책으로나마 용기를 주고 싶기 때문이다. 악착같이 해내는 것은 원래 어렵다. 우리는 알파고가 아닌 인간인지라 악착을 그리 반기지 않는다. 그

악착은 목표 성취 후에도 유지가 어렵다. 과정이 즐겁지 않다면 해낸 후에도 즐겁지 않다. 독자들도 이미 삶 속에서 겪어보셨기에 잘 아시리라 생각한다. 수능을 다시 치고 싶던 가? 토익 시험이 매달 그립던가?

지금 내가 지속해야 하는 일로 속는 셈 치더라도 어떻게 나를 윤택하게 할 것인지 잠시 생각해보는 것이 좋겠다. 운명을 결정하는 기회는 아무나에게 주어지지 않는다. 미련해 보임에도 묵묵히 걸어가는 나와 그대가 바로 주인공이다.

'성공하는 가장 확실한 방법은
항상 한 번만 더 시도하는 것이다.'

– 토마스 에디슨

5

행복

행복의 인지

어리석은 자는 멀리서 행복을 찾고
현명한 자는 자신의 발치에서 행복을 키워간다.
- 제임스 오펜하임

나는
고유한 원본

"인생은 한 번뿐이고, 너의 인생도 끝나가고 있다.

그런데도 너는 네 자신을 존중하지 않고, 다른 사람들이 너를 어떻게 평가하느냐에 마치 너의 행복이 달려있다는 듯이 다른 사람들의 정신 속에서 너의 행복을 찾고 있구나.

공동체의 유익을 위해 행하는 일이 아니라면, 다른 사람들에 대해 이런저런 생각을 하는데 너의 남은 생애를 허비하지 말라.

너는 네 자신을 학대하고 또 학대하고 있구나. 그것은 네 자신을 존귀하게 할 기회를 스스로 없애버리는 것이다. 너는 왜 너의 외부에서 일어나는 일들에 휘둘리고 있는 것이냐? 그럴 시간이 있으면 네게 유익이 되는 좋은 것들을 더 배우는 일에 시간을 활용하고, 아무런 유익도 없는 일들에 쓸데없이 이리저리 끌려 다니는 것을 멈추라."

– 마르쿠스 아우렐리우스의 《명상록》 중에서

한국은 타문화권보다 감정과 정서의 전염도가 높은 편이다. '나'라는 실존이 있는 그대로의 고유한 원본이라는 것을 알아채기가 어렵다. 하지만 내가 고유한 원본이라는 것을 체감하지 못하면 자신이 정의 내리지 않고 남이 만들어 놓은 틀에 갇힌다. 행복에 대한 개념도 마찬가지다. 타인이 주장하는 행복을 추구하기엔 인생이 너무 짧다. 늘 상대적인 행복을 추구하는 데 익숙한 우리는 나만의 행복을 정의 내리는 것이 말처럼 쉽지 않다.

행복 그 자체는 감히 언어 따위로 담아내기에 너무 깊고 높고 넓다. 본연의 아름다움을 그대로 살리려면 순간의 느낌 속에 넣어두는 것이 가장 적합하다. 그래서 나만의 고유한 행복이 무엇인지 잘 모른다. "당신만의 행복은 무엇인가요?" 이 질문 자체는 모호함 속에 방황해야 하는 것을 전제로 한 질문이다.

행복을 막연하게 간절히 바랄 뿐 딱히 그 실제성을 체감하지 못한다. 슬프게도 우리가 속한 문화는 종종 행복을 자기 만족, 안락함 혹은 자기애의 심취로 내비친다. 자기만의 세월의 검증을 받지 못한 이러한 막연한 행복의 추구는 결국은 허탈감을 가져다준다. 쇼펜하우어는 "우리는 남들과 같아지기 위해 삶의 3/4를 빼앗기고 있다."고 한다. 나로부터 비롯되지 않은 행복과 성공이라는 모호한 잣대는 여러 방면에서 나를 괴롭힌다. '기준'이 없다면 '측량'은 불가능하듯이 말이다.

행복을 정의
내리는 용기

막연한 행복이 아닌 나만의 맞춤형 행복을 알고 있는 사람들은 의외로 찾기 드물다. 얼마 전 세계를 한류로 휩쓸고 있는 BTS의 제작자이자 프로듀서인 방시혁 대표가 자신의 모교 서울대학교의 졸업식에서 축사를 했다. 졸업생들 앞에 선 대선배는 취업과 미래의 비전에 대해 논하기보다 자신만의 '행복'에 대해 꽤 오랜 시간을 할애했다. 그중 인상 깊게 들었던 구절들이 아직도 생각난다.

"어떠한 상황에서 행복을 느끼려면 여러분 스스로가 어떨 때 행복한지 먼저 정의를 내려보고, 그러한 상황과 상태에 여러분을 놓을 수 있도록 부단히 노력하셔야 합니다. 저의 행복을 이렇게 말하고 싶습니다. '우리 회사가 하는 일이 사회에 좋은 영향을 끼치고, 특히 우리의 고객인 젊은 친구들이 자신만의 세계관을 형성하는 데에 긍정적인 영향을 주는 것' 더 나아가 산업적으로는, '음악 산업의 패러다임을 변화시킴으로써 음악 산업을 발전시키고 종사자들의 삶의 질을 개선하는 데 기여하는 것.' 그래서 그 변화를 저와 우리 빅히트가 이뤄내는 게 저의 행복입니다. 상식이 통하고 음악 콘텐츠와 그 소비자가 정당한 평가를 받는 그날까지, 저 또한 하루하루를 치열하게 살아갈 겁니다. 격하게 분노하고 소소하게 행복을 느끼면서 말입니다."

추상적인 행복에 대해 정의 내리지 않았다. 자신만의 행복을 졸업생들에게 설명해주었다. 자신만의 행복을 정해놓고 달려가는 사람의 달음박질은 결코 헛되지 않다는 것을 느꼈다. 그는 자신만의 행복을 향해 달려가다 보니 이전 사례들과는 다른 차원의 제작과 프로듀싱을 했다. 자신의 행복이라는 기준 하에 음악 산업계에 만연해 있는 정의롭지 못한 것들에 온 마음을 다해 분노하였기에 분노로 결론 내지 않았다. 오히려 행복을 이루기 위한 분노의 고유한 역할이 궁극적으로 빛을 발했다. 그의 분노와 실망감은 전무후무한 K-pop의 명성을 낳은 해산통에 불과했다. 자신만의 행복을 추구하며 만들어낸 BTS는 세계 각국 언론의 주목을 받으며 팝의 역사를 새롭게 쓰고 있다. 수만 명의 외국 팬들이 한국어 가사로 노래를 따라 부르는 모습이 방영되면서 그의 결과물은 단순한 인기에서 새로운 문화 현상으로 거듭났다.

좋은 영혼

'에우다이모니아 eudaimonia'는 고대 그리스어로 '행복'이라는 뜻이다. "eu(good)"와 "daimōn(spirit)"의 합성어다. 즉 '좋은 영혼'이라는 뜻이다. 행복은 무엇보다 내 영혼을 이롭게 한다. 심리학자 마틴 셀리그먼은 '에우다이모니아: 좋은 삶(Eudaemonia: The Good Life)'이라는 글에서 이렇게 말한다. "에우다이모니아는 원초적인 느낌이나 전율이나 오르가즘을 이야기하지 않는다. 에우다이모니아에 다다르면 시간은 멈춘다. 그리고 완전한 평온을 느낀다. 자의식은 차단되고 우리는 음악과 하나가 된다." 우리가 아는 사람만 알아볼 수 있듯이 내 행복만이 나로 하여금 '행복'인 줄 알도록 한다. 러시아의 대문호 도스토옙스키도 덧붙여 말한다. "인간이 불행한 이유는 자신이 행복하다는 사실을 모르기 때문이다. 단지 그것 뿐이다."

원초적 느낌, 전율 등의 단발성 쾌락은 자신의 진정한 행복을 찾지 못해 헤매는 사람들이 찾는 임시방편일 뿐이다. 내 행복을 찾을 때 비로소 필요 이상의 자의식은 차단된다. 온전한 평온 가운데 세상과 나는 혼연일체를 이룬다. 자신만의 행복 인지는 극소수만 누릴 수 있는 가장 효율적이며 아름다운 사치다.

지금, 바로 여기

새로운 시간 속에는
새로운 마음을 담아야 한다.
- 아우구스티누스

현재로
뛰쳐나오기

미세먼지가 기승을 부리면 마스크 없이 외출을 할 수 없다. 잿빛 미세먼지 속에 자전거를 타고 노는 아이들을 보며 더 나은 환경을 물려주지 못한 죄책감이 든다. TV와 인터넷의 각종 뉴스를 접할 때면 곧 인류가 멸망할 것 같다. 내가 처한 오늘날이 역사상 최악인 것처럼 느껴진다. 하지만 돌아보면 늘 최악이라 단정 짓고 건너뛰듯 보냈던 과거의 날들이 그나마 지금보다 살기 좋았던 때였다.

'그때가 좋았었지. 좀 다르게 살아볼 걸.' 하며 돌아볼 그 시절 속에 지금 내가 처해있다. 놓아버린 희망의 끈을 다시 잡아야 하는지 의문을 품은 채로 말이다.

과거의 후회와 미래의 불안이 나를 가두려 할 때 나는 현재로 뛰쳐나오는 연습을 한다. 운이 좋은 날은 생동감 있는 현재로 채워지는 오늘을 산다. 하지만 대부분의 날들은 뛰쳐나오고도 현재에 집중하기엔 짊어진 삶의 무게가 너무나 권위적이다. 해결해야 할 것도 많은 주제에 어디 감히 현재 속에 깊숙이 들어가냐며 내 목덜미를 잡는다. 그렇게 삶이 횡포를 부릴 때면 평정심을 잃는다.

그래도 감사한 것은 묵묵히 이성을 따라 현재로 시선을 돌릴 선택권이 내게 있다는 것이다. 육체노동이 아닌 일에 이 정도의 강제력을 동원하는 것이 부끄러울 때도 있지만 어느 정도 효과가 있기에 괜찮다. 미래의 불안감에 발을 동동 굴려도 어차피 도착한 미래는 나를 속일 뿐이다.

그래서 가능한 한 현실의 삶을 두 번째 생의 자리로서 임한다. 영화 〈어바웃 타임〉에서 시간여행을 통해 과거 삶을 달리 살아보는 남자 주인공처럼 말이다. 남자 주인공은 자신을 비롯한 가족의 행복을 수호하기 위해 수 차례 시간여행을 하며 결과를 바꿔보려 하지만 미리 짜놓은 최선의 결말을 늘 피해간다. 우리는 은연중에 결과가 더 나을 것이라는 전제를 깔고 과거로 돌아갈 수 있다면 무엇을 어떻게 할 것이냐 질문한다. 하지만 이 영화는 자유롭게 시공을 넘나들며 인생 편집을 해도 결국 완벽해질 수 없다는 교훈을 준다. 어쩌면 완벽이라는 자체가 인간의 욕심이 만들어 낸 허상과 신기루가 아닐까. 그리고 최선은 지금 바로 여기에 충실한 것이 아닐까. 결국 남자 주인공은 자신을 비롯한 모든 이를 위한 구세주 역할을 내려놓는다. 대신 지금 마주한 사람에게 마음을 열기 시작한다. 일상에 치여 투명인간으로 취급한 가게 여직원에게 시간을 다시 거슬러 가서는 미소를 건네며 인사한 후 잔돈으로 팁을 건넨다. 여직원은 남자의 친절에 밝은 미소로 화답한다. 과거 지하철 옆자리에 앉았던 남성의 시끄러운 이어폰 음악 소리에 짜증을 냈었는데 다시 돌아와서는 시끄러운 기타 반주에 맞춰 액션을 취한다. 늘 경직되어 있던 남성의 얼굴은 그제서야 미소로 환하다.

인생을 두 번째로 살고 있는 것처럼 살아라.

지금 당신이 막 하려고 하는 행동이 첫 번째 인생에서 이미 그릇되게 했던 바로 그 행동이라고 생각하라.

- 빅터 프랭클 《죽음의 수용소에서》 중에서

그의
죽음

영화 〈죽은 시인의 사회〉에서 "Carpe Diem(지금 이 순간에 충실하라)"를 외치던 로빈 윌리엄스 비보를 들을 때까지 그가 바로 옆 마을에 살고 있었다는 사실을 모르고 있었다.

'그의 생전에 같은 공원을 걷고, 같은 풍경을 바라보고 있었다니…. 얼마되지 않는 거리에서 숨이 멎고 있었다니….'

가슴이 먹먹해졌다. 세계적인 인기를 누린 것도 잠시 삶의 마지막 순간까지도 고통 속에 절규해야만 했던 한 사람의 생이 너무나도 안타까웠다. 며칠을 멍하게 보낸 기억이 아직도 생생하다. 당시에는 모임이 있을 때 마다 다 같이 그의 명복을 비는 가벼운 묵념을 하곤 했다.

하지만 노인성 치매로 고생하던 어느 날 로빈 윌리엄스는 스스로 자택에서 목숨을 끊었다. 그렇다. 현재 이 순간에 충실할 수 있는 기회는 무한정 주어지는 게 아니다. 전 세계인들에게 카르페 디엠을 각인시켰던 장본인에게도 그 카르페 디엠은 영원하지 않았다. 고통과 죽음으로부터 어느 누구도 자유롭지 못한 이곳에서 우리는 결단해야만 한다. 나의 현재를 나의 온몸과 마음으로 감싸 안겠다고 말이다.

소셜미디어와
현실

내 소셜미디어에 하루가 멀다 하고 올라오는 지인들의 사진이나 글은 대부분 행복하고 부러움을 살 만한 이상적인 모습이다. 그들은 의도적으로 초점을 맞춘 자신의 특별한 부분이 강조되어 타인에게 보이기를 원한다. 남편을 잘못 만나 인생을 망쳤다고 자나 깨나 이혼을 외치는 친구는 하루가 멀다 하고 행복한 부부 연출 사진을 올린다. 산후 우울증으로 생사를 오가는 친구는 아기와 함께 웃고 있는 사진만 올린다. 재정난에 허덕이던 친구는 온갖 명품과 외국 여행 사진을 올린다. 모를 때야 막연히 부러워하지만 소셜미디어 이면에 숨겨진 타인의 실상을 알고 나면 오히려 불쌍한 마음이 든다. '오죽 답답했으면 저럴까. 본인이 원하는 평소의 삶을 기록으로나마 남겨놓고 싶었구나.'라고 생각하게 된다.

과거의 나 또한 소셜미디어에 사진을 올릴 때 철저히 타인의 시선이 기준이 되었다. 감추고 싶은 부분은 과감히 잘라내고 자랑하고 싶은 것만 줄줄이 더하는 편집 기능을 활용했다. 이렇게 편집을 다 마친 후엔 예쁜 조명과 색깔 효과를 입힌 최종본을 올렸다. 이렇게 만인에게 공개되는 나의 삶은 거의 종합예술 수준으로 기획되었다. '너네들 보고 있니? 나 이 정도 되는 사람이야.'라는 무언의 메시지와 함께 말이다. 평소에 사진을 찍을 때도 일상 속에 느끼는 행복한 순간보다는 기록으로 남길 만한 드라마틱한 순간들을 연출해서 카메라에 담았다.

이것을 자각한 뒤로는 소셜미디어에 올라오는 타인의 삶과 지금 내가 처한 현실을 비교하느라 에너지를 낭비하지 않는다. 자신의 행복을 남에게 어필하기 위해 경쟁하듯 올리는 사진들은 더 이상 호소력이 없기 때문이다. 손 끝으로 공유된 나의 글과 사진은 몇 다리 건너 연결된 사람들에게까지 영향을 미친다는 것을 알기에 배려와 공익성을 첨가한다. 소셜미디어상의 삶에서 현실의 삶으로 시선을 옮긴 뒤 나와 주변 사람들을 보듬는다. 사진을 찍기 위한 목적보다는 실제로 행복하고 많이 웃기로 결심한다. 사람의 단점보다는 장점을 보려고 한다. 기분 좋은 칭찬 한마디 인색하게 아끼지 않기로 결심한다. 하루하루 매 순간을 행복하기로 결심한다.

노벨 문학상을 받은 벨기에 극작가 모리스 마테를링크

의 〈파랑새〉라는 희곡 작품이 있다. '난 찌루찌루의 파랑새를 알아요'라는 혜은이 씨가 부른 동요의 모티브이기도 하다. 파랑새의 주인공인 틸틸과 마틸 남매가 요정과 함께 꿈속에서 파랑새를 찾으러 가는 내용이다. 그러나 남매가 잠에서 깬 후 파랑새는 자신들의 새장 안에 있었다는 사실을 깨닫게 된다. 남매가 그토록 찾아 헤매던 행복이라는 파랑새는 정작 거실에서 아름답게 노래를 부르고 있었던 것이다. 우리가 그토록 찾아 헤매는 행복은 미래의 어디선가 가 아닌 지금, 바로 여기에 있다.

현실 속
열쇠

나는 행복을 향한 열정과 욕구가 강해서 조금만 내 행복의 기준에서 엇나가도 필요 이상의 실망과 슬픔을 느낀다. 반면에 좋은 것은 금방 잊는다. 좋은 것은 나중에 후회할 일이 있을 때야 비로소 생각난다. 과잉 욕구와 권태 사이에서 나의 현재가 미끄러져 나간다. 과잉 욕구는 끊임없이 무언가 부족하다는 결핍감에서 비롯되었다. 결핍은 오랜 시간 내게 여러모로 불편함을 끼쳤고 늘 플러스알파의 고생을 시켰기 때문이다.

반면에 권태감은 일상을 방치한 채 늘 새로운 자극에 목말라 있었다. 특히 버거운 현실의 나는 현재가 꽤나 위협적이었다. 그럴 땐 현재에 스미기보다는 어떻게 해서라도 정비하고 수정하기 위해 수단과 방법을 가리지 않았다. 하지만 결국엔 막다른 골목에서 있는 그대로 품기로 했다.

미래로 건너가면 좀 더 편하게 품을 수 있으려나 싶었지만 꼭 챙겨가야 할 것이 따로 있었다. 그것은 바로 현실의 문제 속에 숨겨진 의미라는 열쇠다. 그 의미의 실마리는 늘 현재 속에 짙게 배어 있다. 그러니 저항하지 말고 힘을 빼고 현재 속에 녹아야 한다. 현재 속에 머리를 담그고 의미를 찾지 않는 이상 장소와 등장인물만 바뀌는 제자리걸음일 뿐이다. 행복은 예기치 못한 이벤트성의 행운이 아니라는 것을 알아차려야 한다. 미래에서 오기에 쟁취해야 하는 것이 아닌 현실 속에 발견된 어떠함이다.

오랜만에 만난 지인에게 뜬금없는 질문을 받았다.

"명현 씨, 5년 후 명현 씨의 모든 문제가 해결되고 원하는 만큼의 수익이 있는 상태라면 무엇을 하고 있을 거 같아요? 그리고 어떤 기분일까요?"

머리를 한 대 얻어맞은 것 같았다. 그토록 문제에서 자유롭기를 원했지만 그런 내 모습을 상상해본 적이 없었다. 문제가 없어지길 간절히 원했으나 그 후 원하는 청사진이 없었기에 나는 늘 일상의 감정에만 머물러있었다. 현실의 무게에서 벗어나고 싶은 욕구만큼이나 내가 궁극적으로 바라는 감정 상태를 뚜렷하게 반복적으로 인지해야 했다.

내가 정확히 원하는 상태를 모르고 있다는 것을 들키기 싫어 대충 얼버무리다가 꾸역꾸역 대답했다.

"저는 5년 후 전인 변화 연구소를 운영하고 있어요. 원하는 정도의 수익도 있어서 어깨가 가벼워요. 날아갈 것 같아요. 그리고 행복하게 살고 있네요. 독서 모임을 운영하고 미혼모들과 자녀들을 교육해요. 보람을 느껴요."

대답을 마친 내게 이렇게 말했다.

"그럼 지금부터 그렇게 사세요."

'그렇게 살기'를 중심축으로 설정하기로 했다. 일상 감정과의 널뛰기에서 과감히 내려왔다.

부정적인 감정은 이성을 지배하며 문제에만 몰두하게 만든다. 주로 두려움에서 비롯된 언어 습관, 시기심에서 비롯된 잘못된 결정, 분노가 시키는 대로 한 잘못된 행동들이 일상을 좀 먹는다. 일상의 활기, 창의 그리고 기쁨은 소멸된다.

우리는 우리가 지각하는 것에 대한 객관적인 정보를 갖고 있지 않다. 지극히 주관적인 판단에 따라 감정적으로 반응할 뿐이다. 하루에도 셀 수 없이 많은 일에 반응하다 보면 관성대로 나온 특정 감정들이 대체로 자극된다.

내 전인적 인격에 배어 있는 기본 감정들이 내 지각을 왜곡한다. 정치에만 흑백 논리와 색깔론이 존재하는 것은 아니다. 우리의 지각에도 색깔론이 작용한다. 그리고 인간은 유독 부정적인 감정에 취약하기 때문에 그쪽으로 필요 이상의 의미를 부여한다. 그래서 우리가 '틀림없는 것'이라 굳게 믿고 있는 것들이 얼마나 사실인지 객관적으로 따져 봐야 한다. 놀랍게도 신념의 상당수가 사실이 아니며 감정에 의해 과장되었다는 걸 알게 된다.

그래서 나는 상황과 감정이 나를 지배하지 않도록 나에게 더 많은 통제권을 준다. 부정적인 감정을 일방적으로 회피하기보다 그것이 나를 휘감는 시간을 단축시킨다. 그것이 내게 주는 영향력을 최소화한다. 그래서 나는 상대의 결점을 가엾이 여기고, 상대의 실수를 곱씹지 않고 가능한 빨리 용서한다. "내가 대접받고 싶은 대로 먼저 남을 대접하라."는 인생의 황금률은 당연한 소리가 아닌 아는 사람만 아는 비밀이다.

식당에서 밥을 먹다가 머리카락이 나오면 그 집에 다시 가지 않을지언정 예전처럼 노발대발 화내지 않는다. 조용히 직원을 불러 머리카락을 눈짓으로 가리킨다. 나의 감정 폭발은 상황의 길이를 연장하고 그 여파를 더 크게 확장할 뿐이다. 머리 꼭대기까지 화가 치밀어 조절하기가 어려울 때는 쉼이 필요하다는 신호로 받아들인다. 분노에 의한 일시적인 신체 반응일 뿐이지 일일이 순종할 필요는 없으니까. 상황의 심각성보다 나의 목표치에 더 많은 시간과 묵상을 할애한다. 언제 부턴가 '~때문에 상처받았어요', '~때문에 스트레스 받아요'라는 말이 입에서 사라졌다. 누군가가 "정말 힘들겠구나."라고 나에게 말하면 '힘들어도 나름대로 유익함이 있어요."라고 대답한다. 그리고 유익에 대해 생각해온 것들을 하나하나 설명해준다. 예상치 못한 반응에 상대는 감동을 받고 대화의 분위기는 반전된다. 관계의 농도도 짙어진다.

우리가 꼭 기억해야 할 것이 있다. 인간은 행복보다 불행한 감정에 더 친숙한 동물이다. 인류가 거친 세상에서 생존을 이어가기 위해 꼭 필요한 메커니즘의 일부였으니 말이다. 인간이기에 느끼는 기본값(디폴트)이라고 인지해야 한다. 모든 일이 순탄해야 하고 매순간 행복해야 한다는 그릇된 강박이 오히려 삶을 더 불행하게 만든다. 힘들수록 지금 나의 불행감이 인생의 종착지가 아님을 알고 지금 바로 여기에 행복의 씨앗을 심자. 행복의 씨앗은 거창한 것이 아니다. 골방에서 좌절하기보다 아직 코끝에 숨이 붙어있다는 것만으로도 성공한 하루임을 기억하는 것이다. 그래도 내 얘기를 들어주겠다고 마주한 누군가에게 고맙다고 한마디 건네는 것이다. 당신의 짐도 무거울 테니 같이 나눠 들자고 하는 것이다.

나름
최선이었거든요

지금 나의 현재라는 이 시간 또한 과거로 밀려나고 있다. 끝없이 거듭되는 과거 속에 살기엔 인생이 너무 짧다. 그 시절, 그때 내게 찾아왔던 인생의 모든 계절에는 저마다 올바른 타당성이 있다. '조금만 더 일찍 ~했더라면', '그때

~를 하지 않았다면'이라 수없이 되뇌지만, 내가 몸담은 시간과 장소에서 내가 행했던 일들이 나름의 최선이었다. 그래서 있는 그대로 인정해주어야 한다. 현재에 머물지 못하고 자꾸 타임머신에 올라타려 할 때마다 다시 현재에 두 발을 내려놓아야 한다. 어떤 이유를 막론하고 내 현재의 가장 많은 지분을 차지하고 있는 그 고유한 상황이 지금 내게 가장 타당한 것이다. 이의를 제기하고 밀어낸다 해도, 인위적으로 대체한다 해도 상황의 본질은 변함이 없다. 그래서 걱정은 적게 하고 행동을 많이 할수록 좋다. 행동이 현재에 닻을 내린다.

몽테뉴는 자신 있게 말한다. 만약에 또다시 이 인생을 되풀이해야 한다면 지내왔던 생활을 다시 하고 싶다고. 과거를 후회하지 않고 미래를 두려워하지도 않았기에. 우리도 되풀이하고 싶을 만한 생활을 해보자. 상식을 넘어선 막장 수준의 욜로YOLO를 추구하라는 것은 아니다. 단지 막연한 미래를 담보 삼아 현재를 물 쓰듯이 함부로 하지 않았으면 한다. 영원의 시간대를 품어보자. 내가 온전히 스미는 현재로 채워보자. 지금 내가 처한 상황이 내게 최선이라면 그에 맞는 대우를 해주자.

다도를 배우며

타성에 젖어 고마운 게 없고 새로울 게 없던 찰나에 존경하는 멘토의 소개로 다도를 배우기 시작했다. 다도는 귀중한 손님을 집으로 초대해 차와 다식을 제공하며 극진히 대접하는 예법이다. 차를 마시는 행위 외에도 여러 가지 종류의 다기와 꽃을 미리 준비해서 손님과 함께 감상한다. 다도를 진행하는 시간만큼은 마주하고 있는 사람과의 일생일대 마지막 시간이라 생각하고 임한다. 다시 말해 나의 시공간을 귀중한 손님과 차로 즐기는 종합예술이다.

간단히 티백을 우려낸 차를 마시다가 장시간 공을 들여 차를 마신다는 것이 처음에는 영 불편했다. 미처 끝내지 못한 중요한 과업들이 머리에 주마등처럼 지나갔다. 다도가 아니었다면 이 시간에 하고 있을 다른 일들이 자꾸만 머릿속에 떠올라 괜히 시간을 낭비하고 있는 것 같이 느껴졌다. 하지만 다도는 내게 지금, 여기에 집중하는 수련을 하게 했다. 지금 내가 앉아있는 자리, 지금 내가 마주하고 있는 사람, 지금 내가 마시고 있는 차, 먹고 있는 다식, 지금 이 방에 놓여있는 꽃에 집중하도록 말이다.

그러고 보니 다음에 내가 이 자리에 다시 앉을 수 있다는 기약도 없고 내가 마주하고 있는 사람이 차를 다시 만들어준다는 보장도 없다. 마시는 차는 일생에 단 한번 마시는 유일한 차이며, 먹고 있는 다식 또한 내 생의 마지막 다식이다. 방에 놓여있는 꽃도 매순간 시들어 다음 날엔 버려질 뿐이다. 주인에게 다 마셨다는 것을 알려주기 위하여 말차의 마지막 한입을 소리를 크게 내어 마신 후 가벼운 목례를 주고받았다. 그 후 다실에 들어온 순서대로 퇴실을 했다.

그날 밤 어머니에게서 전화가 왔다. 건강하게 오래 살아 주시라고 당부했다. 앞으로도 효도할 것이니 행복하시라고 했다. 통화를 할 수 있는 마지막 기회라고 생각하고 앞으로 좋은 일이 많이 생길 것이라고 격려해 드렸다. 언젠가 다가올 부모님과의 이별을 두려워하면서도 매번 내가 할 몫의 표현은 하지 않는다. 다음의 기약이 당연한 것이 아닌 것을 알고 나니 매순간이 소중해진다. 다도를 배우며 현재를 있는 그대로 품어 안는다.

6 감사

자족감

그 사람이 얼마나 행복한가는
감사의 깊이에 달려있다.
- 존 밀러

감사의 전 단계

감사의 중요성에 대해서는 이미 너무나도 잘 알고 있지 않을까. 늘 여기저기서 들어왔기에 여기서까지 언급한다면 너무나 식상한 소리의 연속이 될 것 같다. '매사에 감사하기', '감사한 것 하루에 ~개씩 적어보기' 등 내 주변만 봐도 감사가 주는 유익을 일상에 잘 녹여내는 사람이 많다.

하지만 이런 효력을 대부분 사람들이 잘 알고 있는 듯하나 실제로 감사에 대한 깊은 성찰과 오랜 지속은 거의 없다. 우리 사회 곳곳에 암묵적으로 속도를 늦추고 현실을 사유하며 감사를 누리라고 조언하고 있다. 하지만 현실 속에서는 감사에 매겨지는 가성비가 그리 후하지 않다. 내 안에서 만족을 해버리면 다음 단계로 도약하기 어려울 수도 있다는 불안 때문에 감사는 '언젠가 ~가 된 후에 해야 할 것'으로 밀려난다. 단 한 번도 살아보지 않은 오늘을 사는데 감사는 그리 생산적이지 않아 보이며 나중에 라도 충분히 할 수 있을 거 같다. 굳이 지금의 일을 미뤄두고 할 만한 일은 아닌 거 같다. 하지만 그렇다고 해서 간과할 수도 없다. 감사란 삶을 지탱해주고 더 나아가게 하는 아주 중요한 요소다.

사실 알고 보면 감사를 잘 표현하는 사람은 뭘 모르는 순진한 사람이 아니라 똑똑한 사람이다. 만성적인 불만을 품고 현실과 등진다고 해서 득 될 것이 없다는 것을 빨리 깨우친 사람이다. 자기 연민의 시간이 길어질수록 가까워지는 불행의 시작점을 어느 정도 감지하는 사람이다. 누군가를 미워하면 경직된 채로 메말라가는 것을 알기에 자신을 위해서라도 멈추기로 결단한 사람들이다. 그들은 일상에 감사의 옷을 입혀 인생의 결을 바꾸어 나간다. 감사보다는 감정에 기반하여 섣부르게 의미를 부여하는 순간 그것은 부여된 의미대로 정체되고 고정된다. 당장은 미미하나 나중에는 심각한 뒤틀림 현상으로 나타난다. 그래서 시련이 닥칠 때마다 여파가 커지며 세포가 재생되는 데 오랜 시간이 걸린다.

감사 이전에 꼭 선행되어야 할 것이 있는데 사람들은 이것을 잘 모른다. 이것은 바로 '자족감'이다. 사실 자족감이 없이는 진정한 감사를 할 수가 없다. 내적으로 채워지는 경험을 하지 않고 말로만 하는 감사는 형식적인 감사에 불과하다. 自足感자족감은 '스스로 만족滿足하게 여기는 느낌'이다. 이것을 느낄 때 비로소 진정한 감사를 할 수 있으며 행복감을 느낄 수 있다. 자족감을 느끼지 못하는 것은 불평이 근본적 원인이 아니다. 오히려 자신의 삶에 온전히 몰입하지 못한 결과이며 무차별적인 타인의 삶에 대한 탐닉 때문이다. 나의 일상을 온몸으로 느끼지 못하고 외부에만 집중하다 보면 불특정 다수가 들이미는 나와는 상관 없는 기준을 갖고 살게 된다. 그때부터 자족의 필수요건인 스스로의 생각과 만족은 설 자리가 없다.

"불안에서 벗어나는 가장 좋은 방법은 지금 이 순간의 좋은 일에 감사하는 것이다. 모든 것은 끝이 있고 모든 것은 사라진다는 것을 알아차려야 한다. 규칙적으로, 의도적으로 잠깐씩 멈춰 서서 그 사실을 즐길 줄 알아야 한다. 들에 핀 꽃을 보고 탄성을 지르면 사람들은 당신을 패배자라고 손가락질할지도 모른다. 지금 꽃을 보고 감탄할 시간이 있냐고, 원대한 꿈은 없냐고, 야망이 그것밖에 안 되냐고 말이다. 하지만 경험을 쌓고 시련의 파도를 넘고 넘다 보면, 언제부턴가 꽃 한 송이, 아름다운 구름, 모두에게 친절한 미소를 날리는 평화로운 아침 같은 일상의 사소함에 대하여 생각하게 된다. 운명의 여신은 우리에게 무엇이든지 할 수 있다. 인간은 그만큼 나약한 존재다. 해고에 대한 불안, 신체의 질병, 경제적 압박 등 조금만 상황이 틀어져도 우리는 쉽게 무너진다. 아주 약간의 좌절만으로도 그렇게 된다. 따라서 이 같은 나약함을 담담하게 받아들이고, 별 큰일 없이 무탈하게 지나가는 하루에 진심을 다해 감사할 때 극복의 길이 열린다. 감사야말로 불안과 두려움을 보내오는 운명의 여신에게 맞설 수 있는 인간의 가장 효과적인 무기다."

- 팀 패리스의 《타이탄의 도구들》 중에서

실존적인 불안은 인간을 고통스럽게 하며 절망으로 몰

아닣는다. 실존주의 철학자 쇠렌 키에르케고르는 절망을 죽음에 이르는 병이라고 정의했다. 이러한 인간이 느끼는 극한의 감정들은 고통의 무게가 큰 만큼 대단한 수를 내어 해결해야 할 것 같아 보인다. 하지만《타이탄의 도구들》의 저자 팀 패리스는 이 순간의 좋은 일에 감사하는 것이야말로 불안과 두려움을 보내오는 운명의 여신에게 맞서는 가장 효과적인 무기라고 조언한다.

그런데도 받은 복을 세어보고 감사를 미루지 않아야겠다고 결심한다. 인간은 너무 아둔해서 어떤 것을 박탈당해보기 전까지는 그것이 얼마나 소중하고 감사한 것인지 미처 깨닫지 못한다. 마약에 찌들어 인생을 허비하는 젊은 청춘들을 보며 부모의 헌신과 자신의 건강함에 대한 감사의 부재를 본다. 성적이 떨어졌다고 비관하여 옥상 뛰어내리는 이들과 그것에 일조한 부모들을 보며 그래도 다시 시도할 수 있는 내일이 있다는 것에 대한 감사의 부재를 본다. 살아보니 다들 하라고 난리인 것, 다들 하지 말라고 뜯어말리는 것에는 다 이유가 있다.

헬조선

프레임

지난여름 UN NGO 평화대사 스님을 수행 통역했다. 스님께서 경주 세계문화유산 등불 축제에 17개국의 대사들을 가족 동반으로 초청하셨다. 모두가 세계 평화에 기여하고 세상을 밝히는 빛이 되자는 의미의 국제 행사였다. 유네스코에 등재된 한국의 문화유산들과 유명 건축물들을 등 작품으로 구현했다. 흥미로운 볼거리와 화려한 만찬으로 모두가 즐거운 시간을 보냈다. 실제 수많은 나라의 대사들과 개인적인 친분이 있는 스님께서는 여러 가지 경험과 통찰로 깨달음을 주셨다. 그중 가장 흥미로웠던 것은 실제로 대사들이 한국으로 발령받는 것을 행운이라고 생각한다는 것이다. 주로 대사들이 외국 지원을 할 때 1지망을 한국으로 기입한다고 하셨다. 게다가 경쟁이 꽤나 치열해서 떨어진 대사들은 낙심이 꽤 크다고 덧붙이셨다.

'헬조선'을 외치며 이민 가고 싶다 난리인 판국에 무슨 소리냐 싶겠지만 이것은 엄연한 사실이다. 막무가내의 애국심이 끓어올라 한국을 옹호하려는 것이 아니다. 오랫동안 외국에서 생활하다 보니 한국을 객관적으로 바라보는 시선이 자연스럽게 생겼을 뿐이다. 이민자들의 대부분이 신기루를 쫓는 격으로 이상을 좇아 이민을 간다. 하지만 다시 한국으로 돌아오는 사람들을 수도 없이 봐왔다. 현실 도피의 이민은 어떤 문제도 해결하지 못할뿐더러 늑대를 피해 갔더니 호랑이를 만난 격인 경우도 많기 때문이다.

'헬조선'은 한국 사회의 부조리한 모습을 지옥에 비유한 신조어다. 이어령 교수는 헬조선에 대해 주옥 같은 한 마디를 했다.

"헬조선을 떠나 이민 가고 싶다는 나라들도 천국이 아니다. 현재의 취업난 및 양극화는 정보기술의 발전에 따른 결과로 전 세계적 현상이다."

나는 가끔 미국에서 살다 왔다는 이유 하나만으로 무조건적인 부러움을 살 때가 있다. 신기하게도 '미국'이라는 타이틀은 듣는 이로 하여금 풍요롭고 질 높은 삶이라는 근거 없는 막연한 상상을 하도록 만들기 때문이다. 절대적 추앙의 대상이 된 외국여행과 이민의 현실은 마음을 아프게 한다. 20대 시절 나 자신 또한 어린 마음에 '무조건 미국이어야만 해!' 하며 자신에게 끊임없이 미국에 영구적으로 정착하기를 강요했다. 그런 강한 신념이 있었기에 온갖 어려움을 만나 눈물을 삼키던 날들을 견딜 수 있었다. 집 떠나면 고생이라는 말을 체감하면서도 집으로 돌아오지 않으리라 굳게 다짐했다. 하지만 세계를 보는 시야가 극히 좁았기에 한 곳에만 집착한 나의 아집일 뿐이었다.

한국을 헬조선이라 부를 수 없는 이유 첫째, 한국의 치안은 세계 최고 수준이다. 특히 미국에서 밤에 혼자 걸어 다닌다는 것은 몇몇의 큰 도심지가 아니고서는 상상할 수 없는 일이다. 요청만 하면 도우미들이 여성들을 집까지 안전하게 데려다주는 안심 귀가 서비스는 다른 선진국에서도 찾아보기 어렵다. 얼마 전 한국에 사는 친구와 통화 중 밖에서 '탕! 탕!' 소리가 났다. 통화 중 놀란 친구가 무슨 소리인지 묻자 나는 총소리라고 아무렇지 않게 대답했다. 지금 와서야 간담이 서늘하지만 그 당시에는 워낙 주위에 많은 사람이 총을 소지하고 생일 선물로 총을 선물하는 경우가 비일비재했다. 심지어 뒷마당에서 사격을 즐기는 정서 속에 살았기 때문에 아무렇지 않게 느껴졌다. 외국인이라 총을 갖지 못한 나는 사격장에 가서라도 친구들과 총을 쏘고 놀았다. 그러다 보니 '아, 그거 그냥 총소리야!'라고 아무렇지 않게 대답했던 것이다. 슬프게도 미국 전역에서 한 달

내에 총 쉰세 명의 총기 사건 사망자가 나온 적도 있었다. 희생자들은 마트와 영화관 심지어 학교와 교회 예배당에서도 총을 든 괴한의 타겟이 되어 무참히 죽어갔다. 한번은 내가 속한 단체에서 저녁 시간에 맞춰 해질녘쯤 노숙자 배식 봉사활동을 갔다. 노숙자들이 하나 같이 총을 갖고 있어서 사시나무처럼 떨리는 손으로 빵을 나눠준 기억이 있다.

한국에 돌아와서 깜빡하고 귀중품이 들어있는 가방을 식당에 두고 나왔다. 영업 시간이 끝날 때까지 주인이 따로 보관하고 있었다. 내가 살던 샌프란시스코에서는 상상도 할 수 없는 일이다. 식당 주인이 발견하기도 전에 귀신같이 낚아채 간다. 심지어 차 안에 있는 가방도 창문을 깨부수고 훔쳐간다. 의자 아래에 숨겨 놓거나 외투로 덮어 놓으면 오히려 귀중품이 여기 있으니 가져가 달라는 격이다. 심지어 패스트트랙(통행료 후불 단말기, 한국의 하이패스)까지 차 앞유리를 깨고 훔쳐간다. 여행객들이나 정착한지 얼마 되지 않는 사람들이 주로 타겟이 된다. 그래서 차량 관리국(DMV)에서는 주차 시 후불 단말기를 포함한 모든 소지품을 트렁크에 숨겨 놓으라는 경고장을 거리에 살포한다. 한국에 돌아와서도 아직까지 차에서 내리기 전의 긴장감이 쉽게 놓아지지 않는다. 아직도 친구 차를 타면 늘 가방과 외투를 보관하도록 트렁크를 열어 달라고 부탁하니 말이다.

미국 지하철이나 산속에서 전화가 안 되는 경우가 부지기수다. 시도 때도 없이 통화 불가 지역 신호가 뜨면 난감하기 짝이 없다. 그에 비해 통신망이 촘촘한 한국은 IT 강국으로 알려져 있다.

오밤중에 침대가 흔들려서 잠에서 깬 적이 몇 번 있다. 뉴스를 확인하면 인명 피해가 없을 정도의 지진이 발생했다는 기사가 있지만 워낙 악명높은 지진 지대라 다들 익숙해져서 이제는 대화 소재로도 쓰이지 않는다. 샌프란시스코 대지진 때 최소 3,000명 이상이 희생됐다. 가까운 나라 일본에서도 지진 때문에 곤욕을 치른다. 그에 비해 한국은 자연재해 피해가 적은 편이다.

한국에서는 비교적 저렴한 가격에 질 높은 의료 서비스를 받을 수 있다. 이 책의 앞부분 '에너지 변환'에서도 언급했지만 손끝이 잘려 나가 미국 병원 응급실에 갔다. 손 담당 의사가 없다고 치료도 안 해주고 밴드 몇 장 손에 쥐어주더니 2,000달러(한화 약 220만 원)을 청구했다. 의료보험을 민영화했기에 개인 부담금이 엄청나게 높다. 그래서 경제적인 이유로 치료를 포기하는 환자가 많다. 한국은 의료보험 시스템을 잘 구축해 놓았다. 이민자들이 다시 돌아오는 이유 중의 하나다.

미국에 있는 동안 여러 부류의 한인들 삶을 관찰했다. 늘 한국에 대한 자부심과 감사함으로 한국인의 긍지를 갖고 사는 한인들이 있는가 하면 말끝마다 한국을 비판하며 누워서 침 뱉기의 진수를 보이는 이들도 있었다.

"어찌하여 형제의 눈 속에 있는 티는 보고 네 눈 속에 있는 들보는 깨닫지 못하느냐?"라는 성서 한 구절이 생각난다. 애국심에서 우러나오는 쓴소리라고 하지만 듣다 보면 현실적인 대안 없이 밑도 끝도 없는 주관적인 비판뿐이다. 이들에게 한국이란 한 번씩 보톡스와 임플란트 등 미국에서 해결하지 못하는 의료 시술을 받고 친인척들과 잠깐 시간을 보내는 등 자신의 아쉬움을 해결하는 곳일 뿐 그 이상의 의미는 없는 듯했다. 된장국과 김치 냄새를 풍기고 다니면서도 한국은 한 달 이상 지내기엔 너무나도 불편한 곳이라고들 한다.

'의지의 한국인'이란 자부심은 한국이 잠깐 주목받을 만한 좋은 소식이 있을 때뿐이다. 나라가 통째로 없어져 세계

곳곳을 떠돌아다니며 겨우 목숨을 연명하는 사람들을 심심치 않게 보는 데도 돌아갈 나라가 있다는 것에 대한 감사가 없다. 걸핏하면 '한국은 ~해서 안 되고 ~해서 안 된다', '미국에 비하면 한국은 ~하기 때문에 절대 안 될 수밖에 없다' 등의 막연한 비판이 실제 이민 사회에 만연된 정서다.

어느 날 그 가운데서 무엇인가 깨달았다. 자족감이 없는 사람들은 언제 어디서나 남 탓만 하고 정체된 삶을 산다는 것을 말이다. 공동체의 분란을 일으키는 패턴을 반복하는 것도 가관이었다. 어디를 가든 야당이며 모든 대화는 밑도 끝도 없는 자기자랑이나 험담으로 귀결됐다.

'기회의 땅'이라 불리는 미국에서는 마음만 먹으면 세계적으로 유명한 대학교, 저명한 학자들 그리고 새로운 영감이 마구 솟는 장소를 쉽게 접할 수 있다. 그런데도 감사는 고사하고 스스로 만족할 줄 몰랐다. 매일같이 동네 카페에 삼삼오오 모여 옆집과 자신의 가족 험담까지 늘어놓는 부류가 눈살을 찌푸리게 했다. 주로 카페에서 노트북으로 업무를 하던 나는 한국어를 알아듣는다는 이유로 가가호호 막장 사연을 접해야 했다. 주로 현지인 친구들이 없는 아줌마 부대들이 이웃들의 사연을 반상회 주제로 삼아 하루가 멀다 하고 열띤 토론을 벌였으니 말이다. 삶의 터전만 선진국으로 바뀌었을 뿐 딱히 선진적으로 살고 있지는 않았다. '굳이 이곳에 와서까지?'라는 생각이 들어 의아했다.

이민을 와서도 선행학습과 학군을 이용한 입시 전략으로 아이를 우물 안 개구리로 키우는 가정이 많았다. 방황과 회의의 여지를 전혀 주지 않는 스파르타식 주입 교육은 지식 생산자가 아닌 지식 의존자를 낳게 할 뿐이었다. 스스로를 관리하고 책임질 수 있도록 교육하는 미국 부모들과는 달리 앞가림을 대신해주는 헬리콥터 부모로 아이들을 피곤하게 했다. 최고의 자녀교육은 부모의 적극적인 자기계발인데 말이다.

동시에 정작 본인의 영어 공부를 하지 않아 집안 대소사가 달린 소통 문제를 아이에게 맡기며 전적으로 의지했다. 심지어 유색 인종인 친구를 집에 데려왔다며 아이를 나무라는 부모들도 있었다. 기왕 친구를 사귈 것이면 백인들 위주로 친구를 사귀고 기왕이면 집에 초대하라며 아이들을 다그쳤다. 오히려 미국 엘리트들의 특징은 특권층인데도 각계각층의 사람들과 교류한다는 점이다. 상대의 인종과 사회적 지위에 상관없이 관계 맺기를 서슴지 않는다. 백인, 흑인, 히스패닉, 아시아인 등 다양하게 인맥이 형성되어 있기 때문에 세상을 보는 시야가 더 넓다. 그런데 한국 학생들은 다르다. 학업을 포함한 모든 면에서 전략적으로 접근하고 이타성이 떨어지기 때문에 입학 전형에서 한국인이라는 이유만으로도 불이익을 당하는 경우가 많다. 많은 경우 부모 자녀 간에 정서가 맞지 않아 만성적인 갈등을 겪는다.

반면 자족할 줄 아는 부류의 삶의 모습은 많이 다르다. 인격적으로 선진화가 되어 순리적으로 한국에서부터 실력을 인정받아 미국으로 오게 된 연수생, 능력을 인정받고 외국으로 발령을 받아온 근로자, 자신만의 목표 의식을 가지고 공부하러 온 유학생 대부분이다. 그들의 삶의 자세에는 늘 배울 것이 많다. 주로 '어떻게 하면 미국의 선진화된 요소들을 잘 배워서 내 자신과 한국에서의 삶과 일터에 이익이 되도록 해볼까?' 하며 몰입하기에 스스로 만족하고 감사하는 마음이 늘 저변에 깔려 있다. 언제 어디서든 선진화된 시각과 여러 가지 체험을 삶에 지혜롭게 접목하여 저마다의 탁월함으로 승화하며 더 없이 행복하게 산다.

서강대 철학과 최진석 명예교수의 강연에서 이런 대목

을 들은 적이 있다.

"생각해보세요. 우리나라 사람들을 다 미국에 옮겨놓고 미국 사람들을 한반도에 갖다 놓으면 어디가 선진국입니까?"

듣는 순간 고개가 저절로 숙여졌다. 어떤 현상의 본질은 위치와 상황보다도 개개인의 어떠함 자체가 결정적인 요인이라는 것을 깨달았다.

Appreciate

– 감상하다, 감사하다

몇 년 전 샴푸 가게에서 아르바이트를 하던 시절이었다. 니콜이라는 친한 동료가 점심시간 휴식 후 10분 늦게 나타났다. 내 금쪽같은 점심시간이 10분 뒤로 미뤄졌다. 평소에 시간을 칼 같이 지키는 동료였기에 그날따라 의아했다. 나는 아무 말도 하지 않았지만 먼저 나에게 와서 미안하다고 사과하더니 "I was appreciating my lunch.(나는 내 점심을 음미하고 있었어)"라는 주옥 같은 명언을 하는 것이었다.

순간 정신이 번쩍 들었다. 'appreciate'는 '진가를 알아보다', '감사하다', '제대로 인식하다'의 뜻을 지닌 영어 단어다. 그 말을 듣는 순간 비록 내 점심시간이 늦어졌지만 그것은 전혀 문제가 되지 않았다. 시간이 가는 줄도 모르고 음식을 음미하면서 자신이 싸온 도시락과 혼연일체가 되어 무아지경의 점심식사를 하는 니콜의 모습이 너무나도 아름다워 보였기 때문이다. 동시에 늘 여분의 것으로 천대를 했던 내 삶과 일상에게 최소한의 예의를 지키지 못해 미안하다고 사과했다. 과업을 성취하는 도구로 늘 내 자신을 함부로 부리며 이용해왔기 때문이다.

하지만 앞으로는 'appreciate'의 정신으로 생존이 아닌 삶을 살아내겠다고 중대한 결심을 했다. 늘 허겁지겁 해오던 식사, 늘 쫓기던 업무, 산만한 행동, 부산스러운 마음에서 벗어나 천천히 음미하겠다고. 순간의 가치를 포착하여 내 안에 깊이 새기는 의도적인 작업을 하겠다고 말이다.

내 인생에 대한 최소한의 매너를 지키겠다고 다짐했다. 그래서 그 궁극의 결과치가 '고마워요', 'Thank you'가 아닌 '감사합니다', 'I appreciate it!'가 되도록 말이다.

안식

그칠 줄 알면 위태롭지 않다.

- 노자 《도덕경》

과호흡증과

공황장애

안식의 가치는 종종 과소평가된다. 안식의 진가를 찾아 누리는 사람은 극소수다. 폭염이 기승을 부리던 어느 여름날 나는 예기치 못한 호흡 곤란 증세로 갑자기 쓰러졌다. 습도가 높아서 숨쉬기 어려웠던 것인 줄 알았는데 병원에서는 과호흡 증상을 동반한 공황장애라고 진단했다. 공황장애라… 유명 연예인들만 걸리는 호화스러운 병인 줄만 알았는데 실상은 아니었다. 남녀노소를 막론하고 누구에게나 찾아오는 증상이었고 공황의 매순간은 목숨의 위협을 느끼게 했다. 한번은 운전을 하다가 몸통과 두 팔이 굳어버려 겨우 갓길에 차를 세운 기억이 있다. 지나가던 이웃이 우연히 나를 발견하고는 집까지 데려다주었다. 과호흡증은 공황이 찾아올 때마다 날숨은 짧게 하고 들이마시는 숨만 과하게 마셔서 결국 몸이 굳어버리는 증상이다.

그날 난생 처음으로 들것에 실려 구급차를 탔다. 응급실에 도착한 내게 의사가 증상을 물었지만 말을 할 기력도 없었다. 정신을 차릴 때쯤엔 응급환자들 때문에 녹초가된 의료진에게 증상을 제대로 설명할 수도 없었다. 조금만 더 건강했다면 자력으로 견딜 수 있었을 텐데. 급기야 병원 신세를 지고 있는 내가 한심했다. 하지만 자력으로 버티기엔 삶이 그리 호락호락 하지만은 않았다.

가만히 보니 아니 땐 굴뚝에 연기가 나는 것이 아니었다. 하루가 24시간밖에 없다는 것이 원망스러울 정도로 분주하게 살았다. 모든 것에 대한 경우의 수를 일일이 헤아려서 불필요한 스트레스까지 감수했다. 잠시라도 집중 상태가 흐트러지면 자신을 자책하고 강박적인 태도로 완벽을 강요했다. 누군가가 강요했던 것은 절대 아니다. 오히려 그렇게 사는 나를 다들 뜯어 말렸지만 나는 그렇게 살아야만 그나마 일상의 평정심을 유지할 수 있었다. 유년 시절부터 시작된 어려운 가정 형편은 늘 미래에 대한 불안감에 휩싸

이게 했다. 늘 아슬아슬한 통장 잔고는 하루를 전력 질주하며 살도록 만들었다. 그러다 보니 늘 무리를 하거나 몸을 혹사해야 그나마 최선을 다한 것이라는 생각이 들었나 보다. 정신적으로 여러 가지 일에 쫓기고 있었기에 하나의 일에만 온전히 몰입하는 것이 어려웠다. 내 몸은 그 시간을 살고 있었지만 마음은 늘 다가오지 않은 막연한 시나리오대로 살고 있었다. 하나를 하고 있으면 다른 것을 하지 않은 것에 대한 오만가지 불안한 생각이 머리를 스쳐 지나갔다. 그럴 때면 해오던 일을 끝내지 않은 채 보류해 두고 더 큰 걱정으로 다가오는 또 다른 일에 손을 대기 시작했다.

나는 내 자신에 관대하지 않았다. 내가 내 눈에 차지 않아 극성맞은 엄마처럼 이것저것 많이 시켰다. 남의 기대치 말고도 나의 기대치까지 맞추려니 늘 내 편이 없었다. 특히나 나의 기대치는 하늘 높은 줄 모르고 점점 위로만 올라갔다. 인생을 미션 수행하듯이 살면서 자신을 한시도 가만히 놔두지 않았으니까. 여태껏 발휘해온 내면의 힘이 역으로 작용해서 나를 무너뜨리기 시작했다. 그 양날의 검을 조금 더 조심스럽게 사용해야 했었는데 말이다. 돌이켜보면 이런 과잉 욕망이 오히려 나의 실질적인 무능함을 방증했다.

지금 와서야 웃으면서 이야기할 수 있지만 사실은 내가 머무르는 공간 곳곳에 인테리어를 가장한 모래시계를 갖다 놓았다. 제한된 시간 안에 그 공간에서의 생산성을 내지 못하면 내 자신에게 눈을 흘겼다. 시간 관리를 목표로 분 단위를 신경 쓰며 살면 어찌 그리 시간이 꼬이는지. 거절 못할 요청으로 흐름이 깨지는가 하면 시간을 사수해서 완성한 일도 결국엔 진가를 발휘하지 못했다. 이럴 거면 차라리 쉬었어야 했는데, 하고 죄책감을 느꼈다. 나의 극성맞음이 심해질수록 하루하루 몸과 마음이 지쳐갔다. 외모를 관리하는 것도 마찬가지였다. 다이어트 강박증에 한창 시달리던 시절에는 거울 보는 것이 무서울 정도였다. 얼굴에 살이 좀 오르면 엄청난 죄책감과 우울감을 느꼈다. 남이 보기에 티 나지 않을 정도의 붓기에도 의기소침해졌다. 밥을 먹은 직후 체중계에 올라가서 몸무게를 확인했다. 늘어난 나의 체중만큼 죄책감에 눌렸다. 미의 기준이 지나치게 왜곡돼 있었던 나는 타인을 볼 때도 체형을 보고 체중을 가늠했다. 그렇게 스트레스로 인한 폭식과 거식을 오가면서 위장이 제 기능을 못했다. 다이어트 보조제도 소용이 없어 급기야 음식을 씹다가 뱉어내기도 했다. 돈을 목표로 하면 예기치 못한 지출이 줄줄이 생겼다. 이렇게 매번 목표를 설정하기가 무섭게 온 우주가 내게 저항해서 싸우는 느낌이었다. 홀로 외롭게 운명에 맞서 싸우다가 공황장애 진단을 받고 결국 병원 신세를 졌다. 그것도 매우 고통스럽게 말이다. 반 강제적인 휴식은 많은 것을 생각하게 했다. 아무리 생각해도 이번 생은 아니구나 하고 일찍 마감하려 했으나 용기 부족으로 여기까지 왔다.

안식을 위한
현실 사용법

모든 것을 완벽하게 정비하기에 인생은 너무도 짧다고 결론 내렸다. 그 후론 내 자신을 소중히 여기는 시간, 사건과 장소를 의도적으로 기획한다. 이것이 내 자신에게 안식을 허락하는 현실 사용법이다. 보여주기식의 허영이 아닌 나의 현재에 몰입해서 나와 친하게 지내는 시간이다. 나와 잘 지내는 것도 훈련과 연습이 필요한 줄 미처 몰랐다. 그냥 막연하게 조그만 노력으로도 될 줄 알았다. 원 없이 늦잠을 자보고 시간의 공백을 자처한다. 시간의 속도에 끌려가지 않고 그대로 서있는 연습을 한다. 내 머릿속 생각을 조종하는 언어를 문학과 예술로 대처한다. 외딴 곳으로 여행을 떠나 타인의 시간과 공간을 누려본다. 가끔 삶의 무게가 짓누를 때면 현실 도피처로 안성맞춤이다.

내가 살던 샌프란시스코 지역은 발이 닿는 곳마다 관광지다. 전 세계에서 여행을 온 사람들로 항상 붐빈다. 주로 유럽 관광객들은 여유를 부리며 여행지의 모든 새로움을 사유한다. 산책 중 우연히 만난 북유럽에서 왔다는 백발의 노부부는 해변가에 의자를 펴고 지는 해를 바라보며 여유롭게 차를 마셨다. 여행 전부터 장소의 유래와 역사를 알아본 후 현장에서 몸소 체험하며 시간 여행을 떠나는 부류들도 있다. 반면 아시아권 관광객들은 오기 전부터 치밀한 가성비 위주의 일정을 맞춰오기 때문에 여행인지 출장인지 모를 정도로 바삐 움직인다. 주로 미션을 완수하거나 제한된 시간 안에 장소 이동을 거듭하는 목표 의식이 이끄는 여행이다. 여유의 부재에서 나오는 과잉 욕구와 분주한 에너지의 흐름이 장소의 고유함과 종종 맞지 않는다. 제3자로 투영된 나의 과거 모습 같기도 하다.

잠시나마 일상에서 멀리 떨어진 곳에서 이방인의 느낌으로 있다 보면 일상이 훨씬 더 잘 보인다. 늘 있던 장소에서, 익숙한 사람들과의 생각과 감정이 걷히고 조용히 일상의 전체적인 그림이 수면위로 떠오른다. 그 후 일상으로 돌아오면 과잉 욕구와 분주한 에너지의 흐름이 여유와 사유함으로 바뀐다.

이렇게 어려울 줄은
몰랐습니다

현명한 사람일수록 에너지 분배를 잘하고 꼭 해야 할 일과 굳이 하지 않아도 될 일을 구분한다. 그리고 바쁜 일과 속에도 미래가 스미도록 여백의 시간을 허락한다. 피로 사회인 한국에서 시간의 여백을 향유하는 훈련된 사람이 그리 많지 않을 것이다. 안식을 취하기 알맞은 시간인데도 우리는 죽은 시간 속에 갇힌 줄 알고 어떤 수를 써서라도 판을 바꿔보려 한다. 시간의 씀씀이가 헤퍼지는 것을 차마 눈뜨고 볼 수가 없기 때문이다. 억지를 부려서라도 자신이 보기에 합당한 시간의 가치를 만들어내고 싶어한다.

허송세월을 자처하는 것 같아 속으로 부대낄지라도 조용히 안식하는 시간을 가지려고 노력해야 한다. 자신을 탈수시키는 악순환의 고리를 언젠가 끊어내고 싶다면 낯설어도 반복해야 한다. 쉬는 데 이렇게 많은 노력이 필요할지 미처 몰랐다. 성경에서도 안식을 강조하고 안식을 강조하는 것을 보니 안식이 그리 만만한 것은 아닌가 보다.

그러므로 우리가 안식에 들어 가도록 힘쓸지니.

- 히브리서 4장 11절

시간은
변장한 영원

내가 가장 존경하는 유대 철학자 아브라함 헤셸은 《안식Sabbath》이라는 저서에서 'Time is eternity in disguise(시간은 변장한 영원이다)'라고 했다. 이 짧은 문장과의 대면은 시간을 보는 내 관점을 완전히 바꾸어 놓았다. '시간'은 고대 그리스어로 두 가지 다른 어휘가 있다. 하나는 물리적이고 연속적인 시침이 가르치는 '시각'을 나타내는 '크로노스Chronos'이며, 다른 하나는 사건에 의미가 부여되는 논리적인 시간 '카이로스Kairos'이다. 이 두 가지 개념을 접하고 나서 선택을 해야 했다. 나의 조바심을 부추기는 크로노스의 시간 대신 이미 완성된 영원에 의미를 차곡차곡 놓아가는 카이로스의 시간을 따르기로 말이다. 너그러운 마음으로 내게 안식을 허락할 때야 비로소 진정한 삶을 만끽했기 때문이다. 늘 크로노스의 시간 속에서만 살 때는 체력이 동나고 에너지에 큰 구멍이 난 채로 방치된 느낌이었다.

'시한부時限附'라는 단어는 '어떤 일에 일정한 시간의 한계를 둔다'는 사전적 의미를 갖는다. 시한부야말로 바로 진정한 크로노스의 시간 개념이 아닐까. 소중한 인생을 시한부의 시간 개념으로 살기엔 너무 아깝다.

별것 아닌 것 같은 안식의 시간이 나름대로 일을 한다. 영 · 혼 · 육의 에너지를 극대화하여 양(quantity)이 아닌 질(quality)을 바꾼다. 삶의 최대치를 끌어내는 경험은 열심으로 무장된 수고로운 자리가 아니라 참된 안식 속에서 비로소 시작되었다.

> 오늘이 인생의 마지막 날이 아니라, 하루하루를 영원히 살 것처럼 살라. - 피터 틸

그렇다. 영원의 시야를 가진 사람이 더 많은 시간을 확보한다.

7

자기 확신

자기 확신

인생의 목적은 자기 자신이 되는 거란다.

- 무라카미 하루키

연습해도

됩니다

한국 정서의 고유한 특성상 주체적이고 자유로운 내면을 가진 사람들은 어느 정도 손해를 감수하고 살아야 한다. 어떤 집단 속에서는 한몸으로 흡수되지만 다른 집단 속에서는 아무리 노력을 해도 섞이지 않는 물 위에 떠다니는 기름일 때가 있다. 후자의 경우에는 대개 그대로 기름으로 떠 있기를 거부한다. 어떻게든 섞여야 한다는 강박감을 갖고 있기 때문이다. 거절감 그리고 공공연하거나 남 모를 미움을 받을 수 있다는 위험 부담을 떠안아야 하며 심지어 집단에서 소외될 수 있다는 확률까지 염두해야 한다. 서양식 이성주의는 I think, therefore, I am(나는 생각한다, 고로 존재한

다) 식이라면, 동양적 온정주의는 I relate, therefore, I am (나는 관계 맺는다, 고로 존재한다) 이기 때문이다. 타인과의 관계 안에서 자신의 존재와 가치를 확인하려는 독립성의 부재가 특히 심한 곳이 한국이다. 인구 밀도가 높아 개인 간의 안전 거리도 충분히 확보되지 않는다. 그렇기에 대륙과는 달리 신경(증)이 많이 발달되어 있다. '~때문에 신경 쓰인다'를 늘 입에 달고 사는 사람도 많다. 상대의 가치관에 나를 끼워 맞춰야 하는 경우가 많기에 나타나는 부작용이다. 선택과는 상관없이 개인의 일거수 일투족이 필요 이상으로 남에게 노출되는 것은 피할 수 없는 현실이다. 기본적인 자율성과 독립성을 눈치껏 쟁취하는 사람들은 그나마 행복지수가 높은 편이다.

한국으로 돌아온 후로 나는 종종 안 하던 행동을 한다. 어떤 말을 하든지 양보절이 앞에 온다. '나는 잘 모르지만', '나도 부족하지만', '나도 만만치 않지만' 이런 맥락의 표현들로 만의 하나인 위험을 비켜가고자 미리 방어막을 친다. 그렇다고 굳이 매번 이런 말을 할 필요는 없는데 말이다. 사람들과 식당에 가면 먹고 싶은 메뉴가 따로 있더라도 최대한 다수가 선택한 메뉴에 맞춘다. 다들 짜장면이라고 하는데 나만 혼자 짬뽕이나 볶음밥을 시키면 갑자기 불편하고 어색한 무언의 기류가 너무 크고 깊게 느껴진다. 여러 명이 모여 커피를 주문할 때는 더 난감하다. 늘 그렇듯 다수가 아메리카노를 주문한다. 나는 냉장 진열대 안에 있는 다른 음료를 고른다. 미국에서는 내가 무엇을 고르든지 아무도 신경 쓰지 않지만 한국에서 꼭 듣는 한 마디가 있다.

"왜, 커피 안 마셔요?" 나는 카페인에 민감해서 식후에 커피를 마시면 그날 잠은 다 잔 거다. 카페인의 각성 효과로 밤새 지칠 줄 모르는 심장 박동을 듣느라 수면 리듬이 깨지면 그 다음날은 좀비처럼 기운이 없다. 이런 나의 특수함을 장황하게 설명해도 본전을 못 찾을 때가 많다. 하지만 어느새 나의 인내에 복리가 붙는다. 매번 똑같은 류의 상황을 만나다 보면 초창기에 들였던 노력을 하지 않아도 된다. 어느샌가 무뎌지니 말이다. 먹고 마시는 걸 가지고도 획일을 요구하는 사회에서 자기 확신을 확보하는 것은 엄청난 모험이다. 그러고 보니 어느새 나는 내 자신과 엇박자로 살아가고 있는 듯하다. 내가 원하는 것이 무엇인지, 내 오장육부가 뭐라 말하고 있는지 귀 기울이며 나와 정박자로 살아야 하는데 말이다. 어쩌면 한국은 주체적으로 살기 어려운 곳이지만 의도를 가지고 연습할 수 있는 최적의 실습장이기도 하다. 영어 단어 courage(용기)는 심장을 의미하는 라틴어 'cor'에서 유래했다. 이 단어의 원래 의미는 자신을 온 마음으로 솔직하게 드러낸다는 것이다. 그렇다. 용기도 연습이 필요하다.

결정

장애

나를 위한 최선의 결정은 생각보다 쉽지 않다. 아니나 다를까 결정장애라는 신조어가 이미 있을 정도다. 그만큼 대부분의 사람들에게 자신을 위한 최선의 결정은 고행이다. 끊임없이 망설이고 고민을 거듭해도 저녁 메뉴를 단시간에 결정하지 못한다. 결국 메뉴 선택을 떠넘기는데 상대는 한술 더 떠서 '음, 너 먹고 싶은 거 아무거나'라고 한다. '아무거나'는 상대를 배려하는 상징적 표현인 듯하나 실상 그것은 배려가 아니다. 선택과 결정 그리고 그에 대한 책임까지 상대에게 떠넘기는 격이다. 오죽하면 정보 과잉을 차단하고 타인이 대신 결정해주는 큐레이션 서비스가 인기 사업 아이템이라고 하겠는가. 늘 최선의 선택이어야 한다는 강박감과 차선일지 모른다는 두려움 그리고 책임의 자리에서 멀어지고픈 회피가 우리를 점점 소극적이고 의존적이게 만든다. 이런 결정장애의 원인은 애초부터 결정의 주인보다는 결정의 노예로 살아왔기 때문이다.

결정의 노예가 아닌 결정의 주인으로 살려면 우선 내게 씌워진 기존의 프레임을 박차고 나와야 한다. 이것이 말처럼 쉽지 않다. 가끔 내면의 노예 근성이 현실 속에서도 종속적인 삶을 부추긴다. 일상의 주체가 되지 못하고 주변을 배회하는 들러리로서 유지 보수 역할을 맡을 뿐이다. 내심 남들이 나를 알아주기를 바라면서도 오히려 자신에 대해서는 인정하지 못하고 있다. 즉 자기 신뢰가 없다. 그래서 자동적으로 타인의 생각이 자신의 기준이 되는 경우가 많다. 혹은 타인의 인정을 위해 자신을 등지는 가련한 존재가 되고 만다. 반면 반대의 부류는 주체적으로 산다. 자신의 생각을 바탕으로 원하는 삶의 질서를 능동적으로 만들어 나간다. 천하를 우습게 보는 기백과 자신감으로 주위의 아니꼬운 시선과 비판에도 아랑곳하지 않는다. 자신을 신뢰하는 마음 텃밭이 건강하게 관리되어 있기에 타인을 기준 삼아 쉽게 행로를 바꾸는 우를 범하지 않는다. 내면의

미미한 목소리에 귀 기울일 줄 안다. 나보다 신뢰할 가치가 있다고 판단했던 타인의 생각을 맹신하며 따라가다가 봉변을 당할 뻔한 적이 한두 번이 아니다. 우리가 위대하다고 칭송하는 그들도 자신만의 공간에서는 자신의 결정에 대해 반신반의하거나 두려움에 떨고 있다. 70억 인구의 손가락 지문이 다 다르듯이 우리 삶의 맥락 또한 70억 개의 고유한 다른 상황으로 존재한다. 그러니 내가 생각의 주인이 되는 수밖에 없다. 과거에서 온 지식과 현자들의 명언은 본질적으로는 당시의 문제 해결을 위한 깨달음이었을 뿐 오늘날의 만능 열쇠로 작용하는 것은 아니다. 아무리 전무후무한 이론과 철학이라고 해도 만들어질 당시의 당사자에게 가장 적합했다. 그렇기에 과거에 축적된 빅데이터로서 참고만 하면 된다. 자신의 생각을 배재한 무조건적인 추앙은 무덤에 누워 있는 현자들도 바라지 않을 것이다. 삶의 자리에 대입되어 직접 겪어보기 전까지는 뜬구름 잡는 이야기일 뿐이니 말이다. 지금 내 현실의 최전방에서 직접적이고 입체적인 체감으로 살아가고 있는 나 자신이 정답을 갖고 있다.

진리는
내 안에

'너 자신을 알라.'는 명언은 소크라테스가 말한 것으로 유명하지만, 실은 고대 그리스 델포이의 아폴론 신전 기둥에 이미 새겨져 있던 글귀다. 당시 소크라테스는 델포이 신탁에 의해 가장 현명한 사람으로 지목받았다. 하지만 자신은 아는 것이 하나도 없다고 주장했고 오히려 아테네에서 가장 현명한 사람들을 찾아다녔다. 그 과정에서 소크라테스는 이미 잘 알고 있다고 생각하는 부류가 사실은 제대로 아는 것이 아니라는 것을 깨달았다. 그보다 더 중요한 것은 그들이 자신에 대해 잘 모르고 있다는 사실조차 인지하지 못하고 있다는 것이었다. 그 과정을 통해 자신이 가장 현명한 사람으로 지목받은 이유를 깨달았다. 그 이유는 적어도 그는 자신이 잘 모른다는 것을 인지하고 있었기 때문이다. 그러므로 '너 자신을 알라.'는 말의 의미는 '네 주제파악이나 하라.'는 핀잔이 아니다. 오히려 당신 '자신에 대해 잘 모르고 있다는 것을 알고 진정으로 알고자 하는 사람이 되어라.'는 격려의 말이다. 자신을 모름으로 인해 허비된 지난 시간과 기회를 안타까워할 줄 알아야 한다. 영화 〈라이

온 킹〉에서 아버지의 죽음이 자신 때문이라는 죄책감에 시달리는 심바에게 다시금 용기를 내게 한 것은 'Remember who you are!(네가 누구인지 기억하라!)'는 아버지의 잊지 못할 한마디였다. 자신의 정체성을 명확히 깨달은 후부터 인생의 반전이 시작되었다. 자신에 대해 무지한 사람은 대부분 자신에 대해 이미 잘 안다고 자만하기에 자신을 돌아보지 않는다. 의외로 크고 작은 문제와 사건이 자신에 대한 무지 때문에 오랜 시간 풀리지 않는 숙제로 남아있다는 것을 잘 모른다. 하지만 자신을 알고자 의도하는 사람은 여생을 현명한 선택으로 채워 나갈 준비가 된 사람이다. 단, 진정한 앎은 머리에서 일어나는 지각 작용이 아닌 삶의 현장을 거치는 전인적인 자각이어야 한다.

얼마 전 오프라 윈프리의《내가 확실히 아는 것들》을 읽었다. 거의 모든 책은 '남들이 확실히 아는 것들'에 대해 목에 핏대를 세운다. 모든 지식의 원천이 유명한 사람, 성공한 기업가, 시대를 이끈 사상가이지 자신의 내적 확신만 다룬 책은, 더군다나 그렇게 제목을 붙인 책은 많지 않다. 자신의 진가를 철저히 가리는 겸손이 미덕으로 여겨지는 한국에서는 자신이 확실히 아는 것들을 서슴없이 나누기엔 너무나도 부담스러운 곳이다. 하지만 편한 자리에서 이런 이야기 주제가 나오면 사람들은 각자 생각이 있다고들 한다. 나만의 글로 써볼까, 사람들과 나눠볼까, 고민하다가도 결국 확신이 없어 함구하게 된다고 한다. 가만 생각해보니 나도 가끔 그렇다. 별것도 아닌 것 가지고 괜히 나댄다고 욕을 먹을 바에야 가만히 있으면 이등 이라도 하는데, 하면서 계산을 하고 있으니 말이다. 그런데도 내가 확신하는 바에 감동받는 사람들이 있다. 그 후 변화하는 사람들을 통해 실체적 증거를 보면 생각이 많아진다. 이것이 과연 얻어 걸린 것인지 아니면 자기확신에 대한 진가를 내 자신이 체감하지 못했던 것인지 한참동안 생각한다. 의아함의 자리에서 확신을 가지고 더욱 나의 내적 확신에 대해 귀 기울여야 했는데, 하는 뒤늦은 후회를 해본다.

오프라의 소소한 일상, 그 속에서의 사색과 깨우침을 함께하며 왜 그릇이 큰 사람들은 자신 안의 것을 끄집어 올리는 명상을 하는지 이해했다. 왜 자신만의 메커니즘을 개발하는지 체감했다. 책을 읽는 동안 마치 내가 그녀의 삶의 일부가 되어 일상 속에서 대화를 나누는 듯했다. 거대한 사상을 논한 것도 아니고 억만장자가 되는 비법을 알려주는 것도 아니었다. 모닝 커피에 아몬드 우유를 넣어 마시는 별다섯 개 짜리의 행복한 시간, 강아지와 산책을 하며 떠오르는 감정과 생각, 친구들과의 파티에서 깔깔거리며 웃었던 추억 속에서 한 내적 묵상이 다른 삶의 영역까지도 윤택하게 했다. 삶의 밑바닥에서 일어서게 해준 멘토의 한마디는 눈물샘을 자극하며 입가에 웃음을 선사해 주었다.

타인의 동의나 인정에 끌려다니기보다 자신의 삶을 제3자의 자리에서 여유롭게 관조하는 그녀의 여유가 자기 확신의 효력을 입증했다. 인간사에 끌려다니기보다 의도적으로 확보된 개인만의 시간 속에서 일상을 통제하는 지혜로운 여성의 삶이 나에게 큰 도전이 되었다. 이쯤에서 내 자신에게 물었다. 내 자신이 확실히 아는 것들이 무엇인가를 말이다.

세계 어느 대학이나 페이퍼를 쓸 때 타인의 글을 인용하는 것을 예민하게 다룬다. 미국에서 학교를 다닐 때 교수님들은 페이퍼 속 인용구에 훨씬 더 민감하게 반응했다. 간단한 출처를 남기는 차원이 아니라 책과 저자의 이름, 페이지, 출판 연도, 출판사 이름, 주소 등 모든 세부 정보를 주석으로 철저하게 달아야 했다. 하나라도 어길 시 페이퍼를 안

낸 것으로 하거나 수업 전체 성적을 F로 주는 무시무시한 교수님도 있었다. 한 사람의 노력과 확신으로 만들어진 지적재산권, 저작권을 엄격하게 보호하기 때문이다. 내 생각에 딱히 확신이 없어 훌륭한 학자들의 인용구 위주로 생각을 전개해 나가면 후한 점수를 받지 못했다. 오히려 손 발이 오글거릴 정도로 부끄럽기 짝이 없는 나만의 개똥 철학이 A를 맞도록 했다. 유명 학자들의 인용구처럼 화려하지 않더라도 그 속에 고뇌하며 쥐어짠 흔적이 있으면 그 담대함과 용기에 A를 주셨으니 말이다.

그대에게도 도전을 주고 싶다. 일생의 대부분을 내 부모가 아는 것들, 내 선생이 아는 것들, 내가 속한 세상이 요구하는 지식에 매여 산다. 정작 내가 확실히 아는 것들은 그만한 대우를 받지 못하고 많은 경우 허구나 망상의 취급을 받는다. 내가 확신하는 것들이 삶 속에 제 기능을 해도 깨닫지 못하고 있는 경우도 허다하다. 자기 확신이 아닌 타인의 확신으로 살아온 결과가 아닐까. 앞으로 단 일주일 동안만이라도 자신에게 물어보자. 내가 확신하는 바가 무엇인지를 또 그 확신대로 묵묵히 걸어가고 있는가 자신과 독대해보자. 그 독대는 내가 중심이 된 더 넓은 시야를 확보하게 해줄 것이다. 어쩌면 내 인생의 해답일지도 모르는 순간의 깨달음을 출처가 '나'라는 이유로 더 이상 놓쳐버리지 않기를 바란다. 늘 내 것은 보잘것없고 남의 것은 위대해 보여서 내가 가진 의미나 가치는 설 곳이 없다. 하지만 살다 보면 진리는 내 안에 있는 것을 알게 된다. 평생 나를 데리고 내 앞가림을 하며 살아온 내가 그 어떤 유명인사보다 더 진리에 가까운 답을 갖고 있다.

만약에
모든 사람들이 이성을 잃고 너를 탓할 때
네 자신을 믿을 수 있다면
네 주위의 사람들이 너를 믿지 않더라도
네 자신을 믿으며
그들의 의심까지도 받아들일 수 있다면

기다림 속에서도 기다림에 지치지 않고
거짓이 다가와도 거짓으로 대하지 않고
미움을 받더라도 미움에 굴하지 않으며
나를 내세우거나

현명한 척을 하지 않을 수 있다면

꿈을 간직하되 꿈의 노예가 되지 않을 수 있다면

생각을 계속하되
생각 자체가 목적이 되지 않을 수 있다면
승리와 패배가 다가와도
이 두 장난꾼을 똑같이 대할 수 있다면

– 러디어드 키플링의 시 중에서

꼰대는
사절

이 세상은 70억 인구와 더불어 살아가는 곳이다. 여러 가지 이해를 토대로 꼬아 놓았기에 목소리 큰 사람의 신념보다는 경우의 수대로 작동하기 마련이다. 하지만 소위 '꼰대'라 불리우는 부류는 아랑곳하지 않고 자신만의 답이 마치 이 세상의 진리인 양 타인에게 강요한다. 개인의 고유함을 강조하는 요즘 시대에 '꼰대'라는 용어가 비호감의 대명사 급으로 자주 거론된다. 얼마 전 영국 공영방송 BBC에서 오늘의 단어로 'KKONDAE 꼰대'(자신만 항상 옳다고 믿는 나이 많은 사람)를 소개했다. 한국에서는 권위적인 사고를 가진 어른이나 선생님을 비하하는 학생들의 은어로 시작되었다.

기본적으로 진취적이고 강한 성향을 갖고 있는 사람들은 모든 삶의 영역을 통제하려는 욕구가 강하다. 특히나 자신을 넘어 타인의 삶마저도 통제하려 드는 성향 때문에 종종 정신적인 피로를 유발시킨다. 자신의 경험에 빗대어 말끝마다 가르치려 들거나 상대가 요구하지 않은 충고의 말을 서슴없이 한다. 지극히 개인적인 의견 일 뿐 모든 일의 왕도가 아님에도 애초에 모든 것을 알고 있었던 것처럼, 그리고 모든 해법을 갖고 있는 것처럼 말하며 상대를 숨막히게 한다. 무엇이든 지나치면 추한 법인데 말이다.

신기하게도 극과 극은 서로 끌리는 법이다. 과거의 나는 누군가에게 의존하고만 싶은 나약한 내면의 소유자였다. 그럴수록 통제 욕구가 강한 사람들과 감정적으로 엮이기 십상이었다. 유독 자신의 이야기를 경청하는 그들에게 고마움을 느끼고 일이 있을 때마다 조언을 구했다. 자신의 목소리를 듣기엔 자존감이 매우 낮았기 때문이다. 대화를 하다 보면 상대의 카리스마와 꽤 높아 보이는 내공에 매료되고는 했다. 자연스럽게 멘토와 멘티를 가장한 의존 관계가 성립되었다. 하지만 멘토링을 가장한 이 돈독함은 어느새 생각과는 달리 통제 시스템으로 변형됐다. 대화는 더 이상 쌍방의 소통이 아닌 일방적인 훈계로 변해갔다. 상대는 지극히 개인적인 느낌과 반응에 대한 서슴없는 질책을 했다. 특별히 잘못한 것이 없는데 꾸중과 잔소리를 실컷 듣는 억울함에 거부감이 몰려왔다. 묻지도 않은 해답과 일방적인 억지로 인해 정신적 탈진이 오기 시작했다. 감사함은 점점 불쾌함으로 바뀌어 갔다.

그 후 이런 경험을 한 사람들의 제보를 듣기 시작했다. 자연스럽게 친해졌던 꼰대들이 과잉 오지랖으로 요청하지 않은 마이크로 멘토링을 자처했다고 한다. 단순한 경청과 공감 선에서 끝나길 원했지만 상대는 아랑곳하지 않고 점점 개인적인 면모까지 오지랖의 범위를 넓혀갔다고 한다. 제보자들과 함께 지나온 시간을 생각하며 대화 내용을 되짚어보았다. 그 과정에서 우리의 나약함이 드러난 경우가 많았기에 상대가 우리를 통제하려 든 것이 아닐까 싶었다.

그런 경험을 한 후 혹시 나도 누군가를 위한답시고 내 생각과 방식대로 통제하려 들지 않았나 되돌아봤다. 부끄럽지만 내 경험이 내게 남긴 임팩트가 너무 강했기 때문에 정답이라 우기듯 상대에게 말한 일이 있었다. 상대도 나와 똑같은 난항을 겪을까 지레짐작하며 상대방이 요청하지 않은 충고를 해댄 적이 있었다. 상대방을 도와주고 싶은 마음과 별개로 내 뜻대로 변해 주기를 은근히 바라고 있었다. 변하지 않은 경우에는 속으로 미워하며 화를 내기도 했으니 말이다. 내가 하면 로맨스이고 남이 하면 불륜인가. 나는 분명 선의의 차원이었지만 막상 역으로 당해보니 갑갑했다. 상대를 위한다고 생각하는 과잉 오지랖은 오히려 상대를 잃게 만든다. 신뢰도 관계도 망가진다. 나의 상식은 누군가의 비상식이다. 제각각 다른 모양과 색깔의 삶을 사는 이곳에서 내가 항상 옳다는 오만함에는 약도 없다. 이것은 어쩌면 상대를 향한 믿음이 없다는 방증인지도 모른다.

내가 확신하는 바가 나에게 효력이 있는 만큼 타인이 확신하는 바 또한 상대가 처한 맥락 속에 나름대로 효력이 있다. 나는 어떠한 문제로 힘들었지만 상대는 이미 그 분야에서 잔뼈가 굵을 수도 있다. 나는 무언가로 인해 실패를 맛봤지만 상대는 그것이 꼭 필요한 과정일 수도 있다. 내겐 꼭 필요했지만 상대는 비껴가야만 할 수도 있다. 내 생각과 경험을 타인에게 욱여넣기보다는 자신을 더욱 신뢰하고 더 나은 의사결정을 할 수 있다고 격려해주면 된다. 어느새부터 이런 중용의 태도가 내면을 확장시키고 유연하게 만들었다.

이건 비밀인데, 나는 꼰대들의 편견도 무조건 내치지 않는다. 편견의 이면에는 다수에게 선하게 작용한 모범 사례가 있다. 안타깝게도 굳은 신념의 옷을 입고 있을 뿐 일련의 시행 착오를 거친 무수한 결과치와 해석의 결정체다. 내 고집대로 살다 가도 '아, 그때 그 사람 말이 맞았구나!' 하고 무릎을 치며 후회했던 순간이 찾아오기도 한다. '하…. 제발 저런 소리 좀 하지 말지….' 해놓고 살다 보면 '그게 정답이었네. 싫어도 눈 딱 감고 그때 그렇게 해볼 걸 그랬어.' 하고 후회하는 경우도 종종 있었다. 죽은 것은 뻣뻣하고 살아있는 것은 유연하다. 유연한 사고로 취할 것만 취하는 나는 이전보다 훨씬 자유롭다.

네게 확신이 생길 때까지
기다려 줄게

어느 날 샌디의 손녀 씨에라가 남편과 한바탕 싸우고는

하소연을 하러 왔다. 샌디는 남편의 잘못을 늘어놓으며 울분을 토하는 손녀의 말을 잠자코 듣고만 있었다. 위로하며 편을 들어주거나 당장 손녀 사위를 잘잘못을 가리려나 보다 싶었지만 침묵을 유지했다. 손녀의 말을 조금 더 들어주고 깊이 공감해주는 것이 문제 해결보다 우선이었다. 흥미롭게도 둘은 평소 나이와 호칭에 상관없이 친구의 개념이었다. 조부모와 손녀보다는 인생길을 동행하는 친구라는 생각으로 서로를 대했다. 샌디는 손녀의 탄생을 직접 보고 등에 업고 다니다가도 손녀가 성인이 되고부터는 말 그대로 친구가 되었다. 평소의 대화 스타일도 남달랐다. 연륜이 몇 배나 많다고 해서 무조건적으로 가르치려 들지 않았다. 손녀도 마찬가지로 조부모에 대한 유아기적 의존이 없었다. 마치 때가 되면 둥지 밖으로 아기 새를 밀어내 날개짓을 가르치는 어미 새처럼 어른 연습을 시켰다. 먹잇감을 갖다 주다가 어느 순간부터 한 걸음 물러서 있는 맹수처럼 말이다. 특히 손녀가 성인이 되고부터는 크고 작은 문제에 부닥쳐도 섣불리 답을 주지 않았다.

한국에서는 동년배끼리만 친구라고 칭하지만 미국에서는 서로 마음을 터놓는 사이면 다 친구다. 족보 정리가 비교적 간편하다. 옆집 아저씨도 친구가 될 수 있고 직장 상사도 친구가 될 수 있다. 자식이든 손주든 서로 대등한 입장에서 대하기에 자신의 전유물로 여기며 못 다한 희망사항을 대행해주길 요구하지 않는다. 손녀가 집으로 가고 나서 나는 샌디에게 왜 당장 편을 들어주거나 상황 속에 개입하지 않았는지 물어봤다. 샌디는 웃으며 평소 손녀에게도 고쳐야 할 것이 있었다는 점을 쿨 하게 인정했다. 부부가 과거에 상담을 요청해서 서로의 불만을 진지하게 터놓는 대화도 했었다고 한다. 하지만 본인의 몫은 딱 거기까지만이라고 했다. 두둑이 쌓아둔 경험과 연륜으로 도움이 되고 싶고 동시에 인정받고 싶은 욕구도 있었을 텐데 말이다. "젊음을 과소평가할 때 나이는 어리석고 부주의한 것이 되고 만다."라는 해리포터 저자의 명언이 떠올랐다. 기존의 관습으로 옭아매기보다 오히려 독립적으로 생각하고 결정하도록 정신적인 여유를 마련해 주었다. 경청과 무한한 신뢰로 뒷받침하며 어떤 일이 있어도 손녀 부부의 옆 자리를 떠나지 않으면서 말이다. 손녀는 끝내 기대를 저버리지 않고 남편과의 관계를 회복해 나갔다. 잠시 감정의 기복 속에 허덕였지만 그동안의 샌디의 가르침은 가슴 밑바닥 어딘가에 있었던 것이다. 오히려 샌디가 강압적으로 정답을 강요하지 않았기에 손녀는 숨을 고르고 이성을 찾을 수 있었다. 그 후 자발적인 노력을 한 후에 확신을 갖기 시작했다. 동시에 남편도 잘못을 뉘우치고 서서히 변해갔다. 부부는 샌디에게 종속되지 않고 둘이서 꾸려나가야 할 시공간을 자발적인 확신으로 메꿔 나갔다. 그 후로는 문제를 해결하겠답시고 혹은 사람을 바꾸겠답시고 팔을 걷어 부치고 달려들지 않는다. 사이(공간)가 있으면 사이(관계)가 좋다. 손녀의 확신은 할머니의 말이 멈춘 자리, 적절한 개인만의 공간 속에서 시작되었는지도 모른다.

나로 태어나서
다행이다

언제부턴가 이번 생에는 도저히 보편적인 삶을 살지 못할 것 같은 불길한 예감이 엄습해 오기 시작했다. 설마 했던 예감을 현실로 받아들이기까지 꽤 오랜 시간이 걸렸다. 꿈꾸던 것들은 물론이고 남들에게는 지극히 보편적인 것들도 매번 나를 비껴가는 것을 보면서도 그래도 이뤄보겠다고 애를 썼다. 버티는 정도에서 상황을 바꿔보려고 운명에 맞서 싸우다가 점점 전투력을 상실했다. 사사로운 것을 포함한 모든 일에 생존 보존의 에너지를 가져다 쓰다 보니 언제부턴가 삶 자체에 대한 피로가 격하게 밀려왔다. 오랜 시간 보편적인 질서 밖에서 버티느라 너무 빨리 에너지를 소진해버린 것이다.

그래서 일정 시점부터 겸허하게 이번 생을 마무리 짓는 마음으로 일상에 임했다. 겉으로는 웃었지만 속으로는 차분히 신변을 정리하고 있었다. 시작의 시점이 아닌 끝의 시점에서 현재를 바라봤다. 온 힘을 다해 밀어내거나 끌어당기던 욕망을 멈추고 일상의 흐름에 몸을 맡겼다. 필요 없는 물건들을 처분했다. 사람들에게 좋은 기억들을 남겨주고 싶어 모든 관계 속에 초연하게 그리고 친절하게 임했다. 그렇게 모든 것을 조용히 하나하나 내려놓았다.

하지만 삶을 정돈한 자리에 뜻밖의 다른 삶이 걸어들어왔다. 뜻밖의 깨달음과 함께 말이다. 지금까지의 삶을 정돈하는 것만이 또 다른 시작을 위한 유일한 방법이었다는 것. 지금까지의 어려움은 내 잘못으로 인해 가해진 처벌이나 불행이 아니라는 것. 오히려 여태껏 살아오던 방식과 집착하던 것을 떠나 보내야 했기에 삶이 적극적으로 보낸 신호였다는 것. 그 신호에 귀를 기울이기 시작하면서 이번 생을 마감하기보다 나의 아집과 집착을 마감했다. 일상에 힘을 빼고, 몸에 힘을 빼고, 생각에 힘을 빼고 말에 힘을 빼고 좀 더 온전한 하루하루를 맞아들이기 시작했다. 그런 의미에서 나는 벼랑 끝에서 두 번째 생을 시작했는지도 모른다. 오히려 나로 태어나줘서 고맙다는 고백과 함께 말이다.

어쩌면 이 책의 진짜 저자는 그동안의 다사다난했던 삶인지로 모른다. 내 인생의 가장 큰 선물이다. 나는 이제야 비로소 제대로 된 생을 시작하려 한다. 지금까지 나는 그저 주위를 겉돌았을 뿐이다. 험난한 세상을 안락하게만 살고픈 나의 헛된 욕심 때문에 이번 생은 망한 것으로 낙인을 찍어버렸다. 모든 환경과 여건이 나를 포함한 다수의 기대치와 맞아 떨어져야만 올바른 삶이라고 단정지었다. 나의 기호에 따라 모든 상황이 변해야 한다고 믿었다. 이런 나의 취사 선택이 모든 고통의 씨앗이었다.

어쩌면 이제까지의 삶은 생계를 위한 노동이었는지도 모른다. 나의 야망과 의지를 마구 휘두르며 덤벼들었던 극한의 노동 말이다. 나를 외면한 채 이상에 도취되어 나를 민폐 덩어리로 취급했다. 이제는 시간의 흐름에 삶을 맡긴다. 현실의 흐름 속에 나를 온전히 포용한다. 지금의 평안이 언제까지나 유지될 것이란 보장은 없지만 그렇게 두렵지만은 않다. 지금의 평정심을 놓아둔 마음의 공간 속에서 나와 눈을 맞추고 호흡을 맞추며 살아가려 한다. 넋 놓고 사는 게 아니라 나의 아집과 집착을 놓고 살 것이다. 나태함이 아닌 여유로움 속에 나를 놓아주려 한다. 일상이 펼쳐내는 시간과 공간 속에 나의 몫을 할 것이다. 이제 나머지 여생은 나를 남은 생을 위해 부리는 노예로 취급하지 않기로 했다.

다시 얼마든지 몇 번이고 나로 태어나서 살고 싶다. 나는 나로 태어나서 다행이다. 나로 태어나서 감사하다.

Amor Fati(아모르 파티, 네 운명을 사랑하라)

운명이 던져준 필연적인 몫을 감수하고 긍정하며 사랑함으로써 삶의 위기와 허무를 극복한다.

#아모르파티#amorfati#라틴어#운명애#니체#철학#위안#감동#힐링#치유#회복#일상#명언#용기#위로#괜찮다안죽는다

8

인내

인내

인내는 힘 보다 훨씬 더
많은 것을 이룰 수 있다.
– 에드먼드 버크

인내 할 수
없는 이유

'인내'라는 것은 '무조건 참고 견딤'이 아니라 '적절한 때를 기다림'이다. 하지만 성격이 급한 나에게는 언제인지 도무지 알 수 없는 그 '때'를 무작정 기다린다는 것이 너무나도 막연할뿐더러 미련해 보일 때가 많다. 얼마든지 당장 개입하여 손을 쓸 수 있는데 속수무책 가만히 있는 것 같아 삶에 대한 최소한의 도리를 저버리는 것처럼 느껴진다.

인내가 부족한 사람은 치밀한 계획보다 말과 행동이 주로 앞선다. 잠잠히 관찰하며 상황을 살피기보다 막무가내로 일을 만들고 성사되게끔 발버둥 치기 일쑤다. 그리고 그 일이 계획한 바대로 되게 하기 위해 수단과 방법을 가리지 않고 맨땅에 헤딩도 개의치 않는다. 복사기를 사용할 때 종이가 나오는 곳에 미리 손을 집어넣고 장 수를 세며 기다리는 사람을 본 적이 있다. 자판기 커피를 뽑을 때도 손을 미리 집어넣어 종이컵 안으로 내려오는 뜨거운 커피가 언제 멈추는지 주시하는 사람도 있다. 천천히 익히는 오븐보다는 순간적 열을 가하는 전자레인지가 주방 필수 아이템이다.

최근 한국으로 돌아와서는 낯선 경험을 했다. 내가 평소에 카톡 메시지를 빨리 확인하지 않는다고 친구가 나무라기 시작했다. 나는 사람과 대면하면서 면전에 스마트폰을 자주 들여다보는 것이 아직도 영 불편하다. 도둑질을 하기도 전에 온몸으로 밀려오는 양심의 가책처럼 그저 불편할 뿐이다. 그래서 누군가와 함께 있을 때는 매번 오는 카톡 메시지를 제때 확인할 수 없었다. 상대에게 오롯이 주파수를 맞추고 집중하기 때문이다. 얼마 후에는 메시지의 확인 여부를 알려주는 숫자 '1'이 없어진 지 한참 후에 답을 했다며 친구가 나무랐다. 미국에서는 바로바로 주고받는 메시지보다 전화로 직접 소통하는 것을 선호한다. 그러다 보니 부재 시 음성 사서함에 용건이 간단히 요약된 메세지를 남기는 것이 보편화되어 있다. 음성 메시지를 확인한 상대방이 용건을 미리 파악하고 어느 정도 마음의 준비를 한 다음 소통할 수 있도록 배려해 주는 것이다. 카카오톡, 인스타그램 등 순간적 소통을 가능하게 하는 기술과 매체가 우리를 인스턴트 반응에 길들였는지도 모른다.

솔직히 나조차도 인내가 부족한 건 매한가지다. 앞서 말한 바와 같이 라면을 끓일 때는 무조건 찬물에 면과 스프를 함께 넣고 동시에 끓여야 직성이 풀렸다. 물이 끓는 애매한 양의 시간이 수증기와 함께 무의미하게 증발되어 버리는 것을 차마 눈뜨고 볼 수가 없었다. 라면뿐만이 아닌 다른 삶의 영역에서도 마찬가지였다. 당장의 결과에 목말라 있었고 내가 가진 시간보다 해야 할 일이 더 많았다. 그러다 보니 생각과 행동이 자기중심적으로 변해갔고 의도치 않게 주변인들에게 상처를 줬다. 가장 소중한 사람에게 번번이 실수를 하고 뒤돌아서 아차 싶을 때는 이미 늦은 적도 많았다.

그러던 어느 날 이렇게 살고 있는 내 자신에게 의식적으로 잠시 제동을 걸고 질문했다. 기력이 옛날 같지는 않은지 어느새 이런 삶에 피로감을 느꼈나 보다. "명현아, 왜 그래?

무슨 급한 일이 있어? 시간을 아끼는 건 좋지만 이런 식으로까지 아껴서 남은 시간을 갖다가 어디에 쓰려고?" 이렇게 질문을 던진 후 한참을 생각했다. 막상 답을 하기가 어려웠다. 아껴 놨다가 딱히 풀 곳이 없다는 허무함과 동시에 뭔가 있는 것 같은데 자꾸 머뭇거리는 내 자신이 이상하게 느껴졌다. 마음속 깊은 곳 뿌리까지 내려가봤다. 나무를 썩게 만드는 뿌리 속의 그 무언가와 대면해야 했다. 마음속에 묵직한 것이 훅 들어오더니 몸에 힘이 풀렸다. 나와 대면했던 그 무언가는 "언제 또 최악의 상황이 내게 찾아올지 모르잖아…. 내 인생을 뒤엎고 가기 전에 이렇게라도 해놓으면 피해가 좀 덜하겠지…."라고 대답하는 것이었다. 예상도 못 했던 자신과의 대면에 할 말을 잃었다. 단순히 시간을 효율적으로 쓰는 현명함인 줄만 알았는데 그 배후에 늘 최악의 상황을 염두하면서 매순간을 겁에 짓눌린 채 시간에 쫓기며 행동하는 자신을 보았다. 매순간이 고통의 총량을 그나마 줄여보려는 필사적인 몸부림이었다. 아직 다가오지 않은 미래가 최악일 것이라는 가정하에 이뤄졌던 모든 의사결정과 행동이 눈앞에 파노라마처럼 지나갔다. 천천히 숨을 내쉬고 내 어깨를 두드려줬다. 그동안 고생이 많았다고 이제 그렇게 살지 않아도 된다고 격려해줬다. 인내심의 부족은 겉으로 드러난 조급함의 문제가 아니었다. 오히려 그 조급함을 부추기는 내재된 두려움과 공포심에서 온 것이었다.

당신의
시간표

가만히 생각해보니 인간관계에서의 인내심 부족 또한 큰 문제였다. 내 이해의 반경에 들어오지 않는 사람들은 종종 '이상한 사람'으로 낙인찍어 여백으로 몰아냈다. 관계의 문제는 내가 상대방을 있는 그대로 받아들이지 못한 결과였다. 관계의 어려움 속에서 상대를 존중하지 않았다. 갈등은 늘 나로 하여금 혼비백산하게 만들며 나의 정당성을 입증하기 위해 수단과 방법을 가리지 않도록 만들었으니 말이다. 종종 나의 최선이 곧 상대의 최선인 양 팔을 비틀어서까지 나의 최선을 강요했다. 특히 나에게 소중한 사람일수록 강도가 셌다. 상대가 체감하지 못하는 나의 최선을 강요하는 것은 엄연한 폭력인데 말이다. 그래도 사랑하는 사람이 잘못된 선택에 대가를 지불하는 것을 보는 것은 생각 외로 고통스러웠다. 그럴 때마다 현실적인 이야기와 생동감 있는 비판으로 가슴에 비수를 꽂아주어야 직성이 풀렸다. 그 비수로 인해 즉각 상대가 마음을 고쳐먹고 내가 요구하는 모양대로 바뀔 것이라 착각했다. 이렇게라도 애써주는 나에게 왜 고마움을 갖지 않는 것인지 의문을 품은 채 말이다.

하지만 상대방은 그만의 고유한 시간표 속에 살고 있었다. 나와는 다른 그만의 시간과 공간 속에 살아내야 할 제와 해답을 따로 갖고 있었다. 각자 인생을 살면서 깨닫는 바가 반영되고 변화가 일어나는 시간표 또한 따로 있다. 그리고 상대가 똑같이 나에게 비수를 꽂을 때야 비로소 체감했다. 말귀를 못 알아들어서 안 고쳐지는 게 아니라는 것을. 상황이 너무 버겁고 내면의 사람이 피를 흘리고 있어서 지혈 작업이 먼저 필요하다는 것을. 그제야 겸손과 인내를 택했다. 하나인 입을 닫고 두 개인 귀를 사용하기 시작했다. 나의 어떠함이 묻히더라도 너의 어떠함을 물어봐주고 아무리 옳은 말이라도 내뱉기 전에 그 여파를 가늠했다.

나의 어떠함이 옳은 것은 아니라는 것을 직시해야 한다. 아직 미숙함으로 남아있는 나의 어떠함도 남을 괴롭게 할 수 있으니까.

입은 하나

귀는 둘

경청 또한 내적 인내를 요하는 고도의 정신적 수련이다. 얼마 전 우연히 지인을 만나는 자리에서 말 욕심으로 무장한 초면의 누군가와 대면했다. 한참 높은 연배에 게다가 초면이라 예의상 들었지만 점점 듣는 사람들의 표정이 일그러지고 있었다. 다들 계속 듣다가 어느새 한계에 봉착했다. 말을 많이 하면 할수록 오히려 자신에게 마이너스가 된다는 것을 전혀 인식하지 못하고 있는 듯했다.

문제는 이야기 주제의 대부분이 자신이 직접 보고 듣고 경험한 이야기가 아니라 몇 다리 건너 전해들은 이야기를 남의 험담을 섞어 계속 이어나가는 것이었다. 아무리 들어도 지극히 주관적인 생각과 큰 영양가 없는 대화 주제는 시간과 만남의 질을 좀 먹을 뿐이었다. 싫어도 업무상 어쩔 수 없이 만남을 가져야 하므로 다들 껄끄러운 기색을 할 수가 없어 매번 끝까지 듣느라 큰 곤욕을 치렀다. 그가 입을 열기 시작하면 몰래 '또 시작이다.'라는 사인을 다들 눈짓으로 주고받았다.

업무가 끝난 후로는 만남이 계속 이어지지 않았다. 그의 자리는 다른 사람으로 대체되었다. 많이 듣고 적게 말하라는 말은 솔직히 나 자신에게조차 어려운 일이다. 작정을하고 듣다 가도 어느새 상대보다 말을 많이 하고 있는 내 자신을 볼 때가 있기 때문이다. 상대가 일부 조각들로 잘난 척 하며 말을 늘어놓으면 오히려 내가 총체적으로 말해서 무안을 주고픈 유혹을 받을 때도 있다.

유대인의 탈무드에 의하면 인간이 입이 하나, 귀가 둘이 있는 이유는 말하기보다 듣기를 두 배 더 하라는 뜻이라고 한다. 말을 많이 해서 더 유식하게 보이려 대화에 임하는 사람들은 오히려 대화를 통해 비호감으로 낙인찍힐 뿐이다. 상대의 말을 중간에 가로막거나 지나친 언쟁으로 몰아가는 사람들이 있다. 성급하게 자신의 관점으로 토로하면서 상대를 비난하는 사람들도 있다. 남의 말을 서슴없이 하는 사람들을 보면 뒷감당을 어떻게 하려고 하는지 의문일 뿐이다. 앞에서 할 수 없는 말은 뒤에서도 하지 않아야 하는데 말이다. 그래서 말이 많은 사람일수록 적이 많다. 노자는 도덕경에서 "말은 머리와 가슴에 담아두고 입 밖에 내지 않는 것이 최선이요. 차선은 말을 하더라도 꼭 할 말만 골라 하는 것이고, 그다음은 말을 하면 반드시 행동으로 실천하여 언행일치로 그 갚음을 하는 것이다."라고 한다.

평소에 내 말을 잘 경청해주던 사람들이 머릿속에 떠올랐다. 그런 사람일수록 함께하는 것이 행복하고 배울 점도 많았다. 평소에 경청을 잘하는 주위 사람들을 돌아보는 좋은 계기였다. 생각해보니 그들은 딱히 말이 없는 성향이기보다 오히려 속으로 사색하는 부류가 아니었을까.

"경청은 네가 지식이 있을 때 비로소 가능한 거야."라는 지인의 한마디를 기억한다. 입이 근질근질해서 허벅지를 찌르기보다는 속에 축적된 자신의 빅데이터에 상대의 말을 대입하는 중이 아닐까.

오랜 시간 미국에서 생활하다보니 오디오가 겹칠 때 마다 "Sorry, go ahead.(미안해요, 먼저 말해요)"가 익숙했다. 이상하게도 한국에 와서는 오히려 상대보다 목청을 높여 핏대를 세워 이겨 먹으려 하는 나를 볼 때가 있다. 그럴 때 마다 자신에게 놀란 나는 그냥 지기로 한다.

I'm

Sorry

나를 비롯한 내 주위 사람들은 의외로 회복이 더디다. 들어줄 누군가가 필요하면 주로 나를 찾는데, 매번 듣기만 하는 것이 결코 쉬운 일이 아니다. 내적으로 꽉 채워진 안정감을 가진 상태가 아닌 날은 이런 들어주기식의 만남이 버겁다. 부정과 우울은 전염률이 꽤 높은 감정이기 때문이다. 그래도 차마 거절할 수가 없다. 우정과 의리를 말로만 운운하기보다 구체적인 행동으로 보이고 싶은 욕심에서 무리수를 둔다. 장시간 구구절절 이야기를 들어주면 상대는 힘을 얻고 위로해줘서 고맙다고 한다. 웃는 얼굴로 삶의 자리로 돌아간다. 안타깝게도 많은 경우 일회성의 위로에 지나지 않는다. 매번 똑같은 문제로 아픔을 호소하며 또다시 위로를 구하러 오기 때문이다.

나는 상대가 스스로 답을 찾게 하고 싶어 주로 묵묵히 듣기만 하는 편이다. 하지만 상대가 내게서 답을 구하려 할 때가 종종 있다. 뻔히 보이는 문제와 답을 위로와 함께 신중함 속에 건네지만 소용이 없다. 은근히 고집을 부리며 세상 모든 짐을 홀로 진 것 같은 부정적인 태도로 혼을 빼놓을 뿐이나. 요청한 답을 부정하는 것은 그렇다 치고 위로의 말까지 부정하며 만남의 의미를 퇴색시킨다. 그럴 때면 그 시간의 피로감과 무의미함이 물밀 듯 밀려와 앉아 있기조차 버겁다.

그 후로는 그냥 상대의 말에 고개만 끄덕인다. 내게 답을 얻으려 해도 입을 다문 채 지긋이 손을 잡아준다. 문제를 헤치고 나오다 보면 삶이 해답을 안겨줄 것이라 말해준다. 오히려 여기까지 온 것이 장하다고 한다.

영어로 상대방을 위로할 때 "I'm sorry."라고 한다. 잘못을 해서 사과하는 것이 아니라 그 상황에 대해 내가 해줄 것이 없기에 그것을 살아내는 당사자에게 미안함을 느끼는 것이다. 굳이 답을 손에 쥐여줄 필요가 없다. 매번 구체적인 표현의 위로로 나의 쓸모를 각인하지 않아도 된다. 오히려 해줄 것이 없기에 괜히 상대에게 미안하면 된다. 상대가 문제 속에서 헤어나오기 전까지는 뻔한 답조차도 어쭙잖은 충고로 들릴 수 있다. 문제의 근원에서 시작하지 않은 사람의 걷도는 충고 말이다. 그저 들어주는 것만으로도 충분하다. 그로 인해 상대의 마음이 편해진다. 상대는 길고 험난한 여정을 없애주는 것이 아닌 함께 걸어가 주는 사람이 필요한 것이다. 그렇게 같이 걸음으로써 상대의 외로움과 고통을 덜어내 주는 것이다.

자아의
부재

어느 날 친구의 SNS 게시글을 우연히 보았다.

"Selflessness solves everything." - Andy Stanley

(자아의 부재는 모든 문제를 해결한다. - 앤디 스탠리)

이 짧은 문장은 하던 모든 일을 멈추고 잠잠히 생각하도록 만들었다. 결국 모든 상황과 사건 속에서 왕 노릇한 나의 강한 자아가 나로 하여금 인내하지 못하게 했다는 것을 깨달았다. 미안하다고 사과 한마디 하면 끝날 것을 '그런데 말이야'를 덧붙여서 내 입장을 더 장황하게 설명했다. 누군가의 실수로 손해를 보면 어떻게든 대가를 치르게끔 만들었다. 누군가와 가까워지고 싶으면 개인이 편히 숨 쉴 공간을 침범해서라도 호감을 표했다. 관계가 어려워지면 내 하소연을 하고 다니느라 바빴다. 상대가 잘못을 하면 주기적으로 그 잘못에 대해 상기시켜줬다. 굳이 상대를 비난하지 않아도 본인이 이미 알고 있기에 충분히 괴로워하고 있는데도 말이다.

게시글을 보고 나서 한 가지 결심을 했다. 마음속에 참을 인을 새기며 끙끙 앓는 나의 인위적인 인내를 멈추고 내 안에 군림하는 사람을 먼저 진정시키기로 말이다. 나의 요구가 지금의 나의 현실에 당장 반영되지 않을지라도 세상이 끝나지 않는다고. 굳이 나의 최선이 모두를 위한 최선은 아닐 수 있다고. 이 세상의 모든 것이 다 저마다의 효용을 갖고 있기에. 그렇게 인내와 성숙의 시간을 거치다 보면 내가 원하는 것이 꼭 옳은 것만이 아님을 자각하게 되는 순간이 온다. 그때부터는 당장 이뤄지지 않는 나의 욕망에 대해 초연해진다. 인생은 알지 못할 여러 가지 일이 일어나는 불가사의한 곳, 좋고 나쁨의 이분법 논리로는 답이 없는 곳이다. 이분법은 상상력이 부족한 결과다.

내려다
보기

내가 살던 노우드라Norwood는 마을은 뉴욕주의 가장 위에 위치한 캐나다 접경 지역이다. 한국처럼 사계절이 뚜렷한 특징이 있지만 유독 겨울철이면 콧속에 살얼음이 따끔

거릴 만큼 추워진다. 영하 20도까지 우습게 내려가는 극한의 겨울을 맛본다. 한번 눈이 쏟아지면 성인의 무릎이나 허리까지 쌓인다. 제설차가 조금 늦는 날이면 눈 삽질을 직접 하는데 장갑과 부츠로 무장을 해도 금방 손발에 동상이 걸린다. 바깥 활동이 어려울 정도의 추위 때문에 겨울철에는 운전이 필수다. 차에 시동을 걸고도 한참동안 눈을 치우느라 곤욕을 치르는데 특히 앞 유리에 달라붙은 두꺼운 얼음을 제거하는 것이 가장 큰 난관이다. 차 위로 쌓인 눈은 어떻게든 쓸어내리면 그만이다. 하지만 앞 유리 전체에 떡 하니 달라붙은 빙상 같은 얼음을 깨부수고 긁어내는 것은 웬만한 성인 남자에게도 버거운 막노동에 가깝다.

하루는 너무 귀찮은 나머지 요령을 피우기로 했다. 앞 유리에 달라붙은 얼음을 다 제거하지 않고 내 시야가 관통하는 부분만 살짝 제거했다. 야간 운전이라 위험할 것 같았지만 어차피 뻔히 아는 익숙한 길이니 아무 문제없을 것 같았다. 평소에 운전을 잘한다는 자만심도 한몫했다. 하지만 꼼수를 써서 시간을 아끼려다가 목숨을 잃을 뻔했던 아찔한 기억을 잊을 수가 없다. 조그만 얼음낚시 크기의 구멍으로 시야를 확보해서 요리조리 운전하다가 큰 사고가 난 것이다. 좌회전 지점에서 긴가민가하다가 급하게 도는 바람에 빙판길에 미끄러져 가드레일을 세게 들이받았다. 영화에서만 듣던 굉음과 함께 차는 수도 없이 휘청이며 빙글빙글 돌았다. 조금만 더 세게 받았다면 차가 뒤집힌 채 바로 옆 강물에 그대로 빠질 뻔했다. 정신을 차려보니 이상한 소리와 함께 바깥의 한기가 느껴졌다. 아니나 다를까 차문이 심하게 부서지고 밖에서는 연기가 모락모락 나고 있었다.

워낙 시골이라 밤에는 사람을 해치는 동물들이 출몰했다. 큰 덩치의 곰들이 배회하는가 하면 늑대, 승냥이 과의 코요테들이 집집마다 다니며 힘없는 가축들의 맥을 끊어놓았다. 순간 판단을 해야 했다. '차가 폭발해서 목숨을 잃는 것인가 아니면 맹수의 공격을 방어할 것인가.' 맹수를 마주칠 확률은 반반인데 차는 금방이라도 폭발해버릴 것 같아 급하게 뛰쳐나갔다. 부리나케 가장 가까운 집으로 달려가 문을 두드렸다. 핸드폰을 확인하니 시간은 새벽 두 시 반. 건장한 체구의 대머리 백인 남성이 험악한 인상을 한 채 문을 열었다. 문신이 온 팔을 휘감고 있었고 그의 어깨 너머로 줄줄이 일렬을 하고 있는 기관총들이 눈에 들어왔다. 다행히도 남자는 나의 눈물 머금은 자초지종을 듣더니 옷을 갈아입고 내 차를 보러 와주었다. 차가 폭발하지 않을 것이라고 나를 안심시키더니 다시 시동을 걸어 자신의 차고로 몰고갔다. 미국 부모님께서 나를 데리러 왔고 그제서 안심했다. 온몸에 긴장이 풀리더니 턱뼈와 허리에 통증이 밀려왔다. 몇 분만 더 일찍 도착하겠다고 시야를 가린 채 운전을 했다. 애지중지하던 차를 폐차하고 한 동안 통증을 겪는 대가를 치렀다.

반면 비행기를 탈 때는 확 트인 시야로 세상을 내려다본다. 매번 느끼는 것이지만 창밖으로 내려다보이는 세상은 아이들이 갖고 노는 블록 장난감 모형처럼 보인다. 차를 타고 장시간 이동해야 하는 모든 지역이 한 장의 그림처럼 한눈에 들어온다. 촘촘한 건물들과 알록달록한 지붕들 그리고 셀 수 없는 자동차들이 땅 위를 수놓는다. 드넓게 펼쳐진 푸른 밭들과 강 그리고 호수들이 형형색색의 장난감 블록처럼 나열되어 있다. 저 자그마한 장난감 마을 속에 셀 수 없이 많은 사람이 살고 있다니 믿기지 않는다. 창공에서 내려다본 내 삶의 자리는 티끌보다 작은 점이다. 높고 넓은 시야가 주는 전체 장면의 근엄함 앞에 숙연해진다.

도대체 저 장난감 속에 무엇에 그렇게 떠밀려서 늘 아등

바둥 살았을까?

왜 좀 더 이해하지 못하고 적을 만들며 살았을까?

왜 지극히 사소한 일에 화를 냈을까?

왜 아무것도 아닌 일에 목숨을 걸었을까?

비행기가 구름을 뚫고 올라가면 흰 구름밭 장관이 펼쳐진다. 끝없이 펼쳐진 솜사탕 구름 평지에 쏟아지는 빛줄기를 보며 한참 동안 넋을 잃는다. 천국에 입성하는 기분이다.

그 뒤에 돌아온 삶의 자리는 예전과 같지 않다.

매번 나를 주장하려는 문제와 사건이 티끌보다 작은 것이라는 것을 체감하기에 .

어쩌면 인내란 좀 더 넓고 높은 시야로 나를 이완시키는 것일 수도 있겠다.

에필로그

과녁을 비껴간 내 인생의 또 다른 시작

다음 생이 있다면 나로 다시 태어나서 놓쳐버린 것들을 만회하고 후회없이 살아보고 싶었다. 일찍이 가정은 산산조각이 났고 지독한 가난을 겪었다. 목숨 걸고 나섰던 미국 유학도 커리어도 고난의 연속이었다. 미국 취업 비자와 영주권 또한 진행하려 하면 죄다 수포로 돌아갔다. 그나마 모아 놓은 돈마저 누군가의 사업 밑천으로 드린 후 더 큰 빚을 면치 못했다. 이렇게 나의 최선은 늘 과녁을 비껴갔다.

삶을 정돈하던 과정에서 가장 어려운 숙제는 깨어진 관계의 회복이었다. 그래서 평소에 죄책감을 가장 많이 가졌던 상대에게 그동안 미안하다고 사과하기로 했다. 자존심을 내려놓느라 꽤 오랜 시간이 걸렸지만 끝내 용기를 냈다.

"엄마, 여태까지 내가 못되게 굴어서 정말 미안했어. 엄마를 위한다고 했던 말들이 상처가 될 줄은 미처 몰랐어.

나 다음 생에도 꼭 엄마 딸로 태어날게. 혹시 엄마 딸로 안 태어나면 나 좀 알아봐줘. 내가 엄마 딸이었다고 말해줘. 그땐 내가 엄마한테 더 잘할 거야. 내가 돈 많이 벌어서 용돈도 많이 갖다 주고 외국여행도 꼭 보내줄게. 엄마 그동안 정말 고마웠어. 그리고 사랑해."

숙연함 속에 얼마 동안 말을 잇지 못했다. 문득 깨달은 서로에 대한 소중함은 이루 말할 수 없었다. 그간 마음의 상처와 괜스레 서운했던 일들이 끝의 지점에서는 지극히 작게만 보였다. 모녀는 다시 한번 힘을 내어 보기로 했다. 그 후 서로의 관계는 더 끈끈해졌다. 누구의 탓도 아닌 내 존재에 대한 회의감이 모든 불행의 원인이었다. 그때부터 나는 이번 생의 낙오자라는 오명을 벗어버렸다.

나 자신을 연민하거나 다그치기를 멈췄다. 있는 그대로의 나를 받아들이고, 내가 나라는 사실로 인해 좋아하고 기뻐하기 시작했다. 나는 다른 어떤 사람이 아닌 나로 태어나줘서 고맙다. 다음 생에 대한 기대감보다 인생은 한 번만으로도 족하다는 만족감을 느낀다.

끝인 것 같은 당신의 삶의 자리 또한 끝으로 가장한 시작점이라는 것을 당신은 알까.